細木数子
The scandal of Kazuko Hosoki.
の黒い真実

元・週刊文春記者
取材・著 野崎輝

ぶんか社

もくじ

こんな占い信じられない！　細木数子よ、どこへゆく！

序　章

細木数子、その生い立ちから島倉千代子問題まで

第1章

第2章 六星占術は他人のパクリ? インチキ占いで大儲け

第3章 ビッグネームの安岡正篤氏をダマして結婚

第4章 細木のまわりにはヤクザがいっぱい！

第5章 実弟・久慶をめぐるカズカズの黒い噂

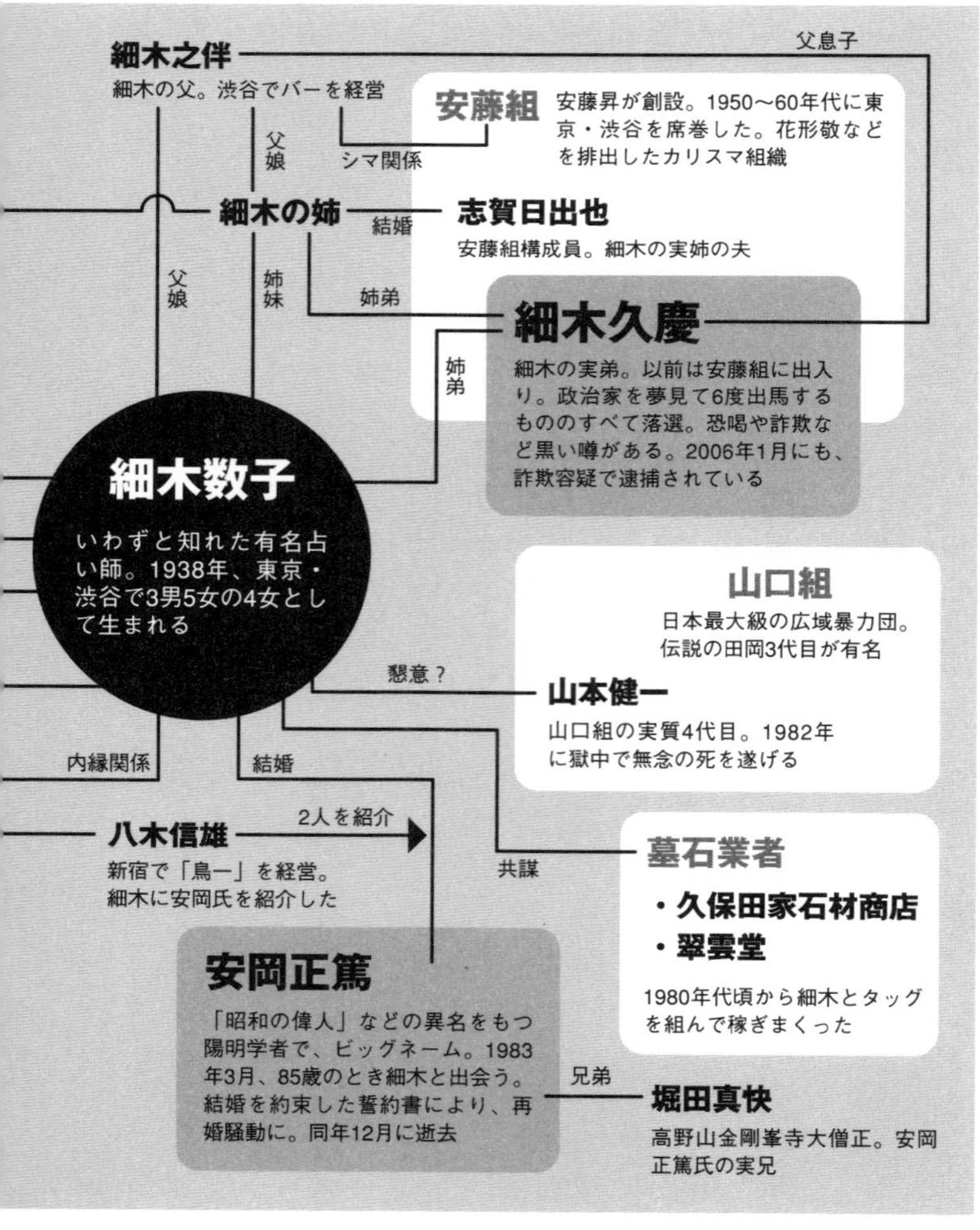

細木之伴
細木の父。渋谷でバーを経営
父息子
父娘
シマ関係
安藤組
安藤昇が創設。1950～60年代に東京・渋谷を席巻した。花形敬などを排出したカリスマ組織
細木の姉
結婚
志賀日出也
安藤組構成員。細木の実姉の夫
父娘
姉妹
姉弟
細木久慶
細木の実弟。以前は安藤組に出入り。政治家を夢見て6度出馬するもののすべて落選。恐喝や詐欺など黒い噂がある。2006年1月にも、詐欺容疑で逮捕されている
姉弟
細木数子
いわずと知れた有名占い師。1938年、東京・渋谷で3男5女の4女として生まれる
山口組
日本最大級の広域暴力団。伝説の田岡3代目が有名
懇意？
山本健一
山口組の実質4代目。1982年に獄中で無念の死を遂げる
内縁関係
結婚
八木信雄
2人を紹介
新宿で「鳥一」を経営。細木に安岡氏を紹介した
共謀
墓石業者
・久保田家石材商店
・翠雲堂
1980年代頃から細木とタッグを組んで稼ぎまくった
安岡正篤
「昭和の偉人」などの異名をもつ陽明学者で、ビッグネーム。1983年3月、85歳のとき細木と出会う。結婚を約束した誓約書により、再婚騒動に。同年12月に逝去
兄弟
堀田真快
高野山金剛峯寺大僧正。安岡正篤氏の実兄

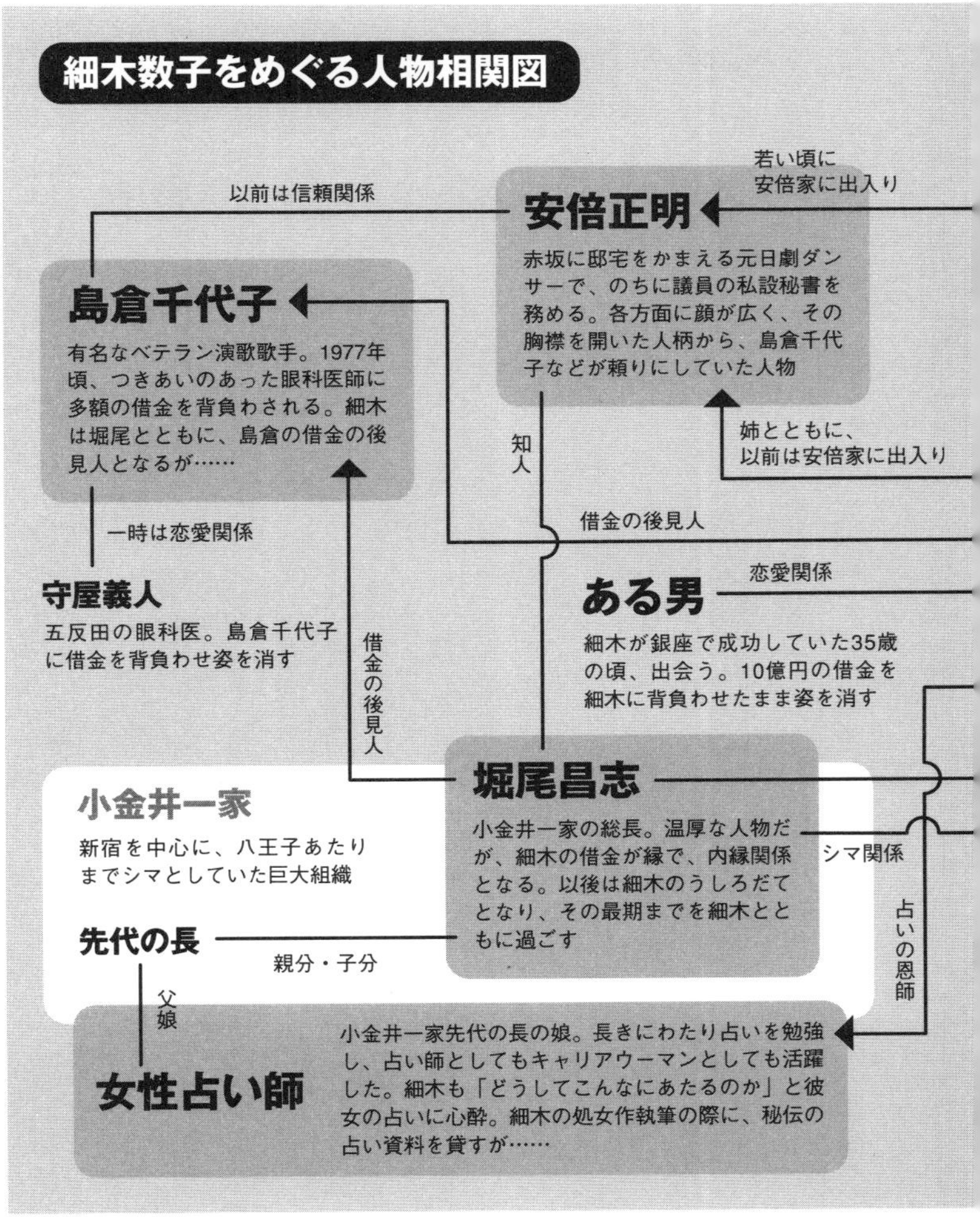
細木数子をめぐる人物相関図
若い頃に
安倍家に出入り
以前は信頼関係
安倍正明
赤坂に邸宅をかまえる元日劇ダンサーで、のちに議員の私設秘書を務める。各方面に顔が広く、その胸襟を開いた人柄から、島倉千代子などが頼りにしていた人物
島倉千代子
有名なベテラン演歌歌手。1977年頃、つきあいのあった眼科医師に多額の借金を背負わされる。細木は堀尾とともに、島倉の借金の後見人となるが……
知人
姉とともに、
以前は安倍家に出入り
借金の後見人
一時は恋愛関係
守屋義人
五反田の眼科医。島倉千代子に借金を背負わせ姿を消す
ある男
恋愛関係
細木が銀座で成功していた35歳の頃、出会う。10億円の借金を細木に背負わせたまま姿を消す
借金の後見人
堀尾昌志
小金井一家の総長。温厚な人物だが、細木の借金が縁で、内縁関係となる。以後は細木のうしろだてとなり、その最期までを細木とともに過ごす
小金井一家
新宿を中心に、八王子あたりまでシマとしていた巨大組織
シマ関係
占いの恩師
先代の長
親分・子分
父娘
女性占い師
小金井一家先代の長の娘。長きにわたり占いを勉強し、占い師としてもキャリアウーマンとしても活躍した。細木も「どうしてこんなにあたるのか」と彼女の占いに心酔。細木の処女作執筆の際に、秘伝の占い資料を貸すが……

細木数子の人生年表

1938年（昭和13年）0歳	細木数子、細木之伴の4女として東京・渋谷に生まれる。
1946年（昭和21年）8歳	父・之伴没。細木は12歳の頃から母親のおでん屋を手伝う。14歳で家業「娘茶屋」を手伝うようになる。
1954年（昭和29年）16歳	細木、ミス渋谷に選ばれる。
1955年（昭和30年）17歳	東京・下北沢の成徳女子高校を中退。自己資金37万円で新橋に喫茶店「ポニー」を開店。
1957年（昭和32年）19歳	新橋に「クラブ潤」をオープン。
1958年（昭和33年）20歳	銀座へ進出。8丁目にクラブ「かずさ」をオープン。
1963年（昭和38年）25歳	東海地方の老舗眼鏡屋の跡取り息子と結婚。1週間で婚家を出て3カ月で離別。
1965年（昭和40年）27歳	世田谷区代沢に120坪の自宅を購入。銀座で「だりあ」「かずさ」「シンザン」の3つの店舗を経営するオーナーに。ホステスも100名ほど抱える。
1966年（昭和41年）28歳	老舗眼鏡屋の跡取り息子と正式離婚。
1973年（昭和48年）35歳頃	店の客であったある男にクラブ「艶歌」経営を持ちかけられ、

	詐欺にあう。不動産負債額を含め、総額10億円詐欺で店舗・自宅を手放す。
1974年（昭和49年）36歳	四畳半住まいの借金生活に転落。堀尾昌志（小金井一家幹部）とつき合うようになる。新宿で堀尾関係者の女性占い師に鑑定してもらい、占いにはまる。堀尾に出資してもらい、赤坂に「マンハッタン」をオープン。有限会社中央三光商事を立ち上げ、監査役に堀尾が入る。
1977年（昭和52年）39歳	2月〜3月、演歌歌手・島倉千代子が巨額の詐欺事件にあう。細木と堀尾は島倉の借金整理の代理人となる。安倍正明氏のもとへ身を寄せていた島倉は、安倍宅を出て細木のもとへ。
	4月、中央三光商事の業務内容に芸能プロダクションの1項が付帯される。
1981年（昭和56年）43歳	島倉千代子、減らない借金をコロムビアレコードに肩代わりしてもらい、移籍。即日細木と堀尾とともに暮らしていた赤坂パークハウス（もとは島倉の自宅物件）を出る。
1982年（昭和57年）44歳	当初は自叙伝のはずが、女性占い師より資料を多数借り受け、占い本『六星占術による運命の読み方』（ごま書房）を出版。

	70万部の売り上げとなる。 2月、山口組ナンバー2の若頭・山本健一氏の密葬に堀尾の妻の立場で訪問。 同年安岡正篤氏の妻と長女が逝去。 この時期、仏壇購入で京都の墓石業者と出会う。
1983年（昭和58年）45歳	3月、安岡正篤氏（85）と知人の紹介で出会う。8月まで自宅や「マンハッタン」で交際。 9月、安岡氏が体調不良を訴える。早期ガン発見。 10月、安岡氏は実兄である掘田真快師と暮らしはじめる。 10月25日、細木文京区役所に婚姻届をひとりで提出。 12月7日、細木、大阪・中之島の住友病院へ押しかけ、安岡氏との面会要求。
	12月13日、安岡氏逝去。
1985年（昭和60年）47歳	テレビで「阪神優勝」の予言が的中。 堀尾昌志とは京都の自宅で暮らす。
1986年（昭和61年）48歳	占い本で印税年間2億円。
1988年（昭和63年）50歳	松田聖子—郷ひろみの破局を予言。

1992年（平成4年）	54歳	12月、堀尾昌志、ガンで逝去。
1993年（平成5年）	55歳	占い鑑定と墓石トラブルをめぐり、民事で訴えられる。
1994年（平成6年）	56歳	弟・久慶が千葉新聞社『週刊千葉』の記事をめぐり恐喝で逮捕—起訴。細木は弁護士費用に7000万円支払う。
2000年（平成12年）	62歳	弟・久慶がパソコン販売会社JBAによる詐欺容疑で訴えられる。
2001年（平成13年）	63歳	累計4300万部の占い本出版でギネスブックに掲載される。
2003年（平成15年）	65歳	テレビ番組に復活。視聴率上昇。
2004年（平成16年）	66歳	テレビの年末特番に島倉千代子が出演。その直前に女性誌2誌で細木の昔の告白インタビューを掲載される。 携帯サイト『細木数子 六星占術』の加入者が70万人を突破。
2005年（平成17年）	67歳	弟・久慶がマルチまがい商法のやまびこ会広告塔として訴えられる。細木は「弟とは8年前に絶縁」とマスコミで報告。 土星人である細木は大殺界へ突入。12年前の大殺界ではテレビ出演を控えたが、今回は出演続行。
2006年（平成18年）	68歳	1月、弟・久慶が信用金庫の公的資金架空請求事件で詐欺容疑、逮捕。不起訴処分となる。

序章

こんな占い信じられない！
細木数子よ、どこへゆく！

The scandal of Kazuko Hosoki.

2006年元旦。
テレビの特番で、細木数子はまたもや
さまざまな「予言」をしてみせた。
しかし、占いが「あたるか、あたらないか」は、
しょせん50パーセントの確率でしかないのである。

30年後に日本が崩壊《ほうかい》？
細木数子のものスゴい大予言

2006年（平成18年）元旦、『細木数子が平成18年を緊急大予言‼ あなたの将来を幸せにするSP』（テレビ朝日）で、またもや細木数子が大々的な予言を披露していた。

メイン共演者はテレ朝の看板番組『報道ステーション』のメインキャスター古舘伊知郎やライブドアの堀江貴文、宿敵といわれた和田アキ子など、元旦らしい豪華な顔ぶれである。

細木がホリエモンこと堀江貴文を占う場面で、次のようなやりとりがあった。

「僕は火星人のプラスなんです」（堀江）

「そんなのいいのっ！」（細木）

「いいのって、先生」（司会者）

「いいんだよ。そんなの統計学なんだから、あてにならなくていいんだよ。占いはあたらなくていい。悪い結果はあたらなくていいし、いい結果は伸ばせばいい」（細木）

細木のもっともらしい言葉に、出演者は一様にうなずいていたが、これは完全な詭弁《きべん》。つまり「悪い結果はあたらなくていい」ではなくて「〝結果そのもの〟があたらなくていい」という言葉のすりかえである。実際細木の占いも、はずれることが多い。細木自身が「あてにならない」といっているのだから、しかたがないのかもしれないが。

ちなみに同月16日にライブドアに強制捜査が入り、株価は暴落して堀江をはじめとする幹部らが逮捕されたが、細木は以前「ライブドアの株価は5倍になる」などと無茶な予言をしていた。しかし後日、以前堀江に対して「スッテンテンになる」と予言した過去を思い出した細木は、自分の占いがあたったと広言する。しかし、その予言というのは「女には気をつけなさい。スッテンテンになるから」という言葉の後半部分のみを切りとったものである。

さて、正月番組での細木は、薄手の紫のドレスから白い豪奢《ごうしゃ》な着物にお召し替え。大粒の真珠のネックレスを首からぶら下げ、世界一大きいというルビーの指輪をはめて、相変わらずきらきらと飾り立てていた。その細木が涙ながらにこう語る。

「日本は30年後に崩壊する。なくなる。経済界がお話にならないほどダメで空洞化している。国民は全員流浪《るろう》だ。私は、これがいいたくてこの番組をつくってもらった……」

真剣な細木の表情には、涙がにじんでいる。隣の席に座るお気に入りのタッキーこと滝沢秀明クンをはじめ、古館伊知郎や和田アキ子も深刻な面もちでうなずいていた。

細木数子、2006年を大胆に占う！

細木の次の予言は、２００６年（平成18年）9月に総理大臣の任期が終わり、退陣する小泉純一郎首相の後継者に移る。細木いわく「おだてられれば武部さん」だそうである。その他の候補者に関しては「ないない」と一掃。一番人気の安倍晋三氏については「あと3年～4年後」、福田康夫氏については「有利ならば出てくる」、というあいまいな表現。

ところで、例のライブドア事件で細木イチ押しの武部勤氏は大バッシングを浴び、二男への資金提供までが疑われる始末。こんなことで次期首相が務まるのだろうか。

次は細木のお家芸のひとつ、プロ野球セ・リーグのペナントレースだ。「今年は広島、ヤクルト、巨人の優勝はない。ないけど巨人はおもしろい試合をする。（優勝は）阪神、横浜、巨人」

ん？　わけがわからない。ここでは隣の古館もいい間違いかと流していたが、この予言に関しても、的中結果が話題となるだろう。

そして犯罪者や凶悪事件の増加、日本の危険性を憂う細木数子。「ジョウセイケツニョセイ（情勢欠如性?・）」の人間が蔓延《まんえん》していく危機を叫ぶ。細木の造語である「ジョウセイケツニョセイ（情勢欠如性）」とは、「情の勢いがなく、如来《にょらい》の心がない」、つまり「感受性に欠け、自分の置かれた立場がわからない人間」ということらしい。本書で紹介する内容を考えると、どうにも細木本人の性分をあらわしているような気がしてならない。犯罪者や精神障害者はすべてこの「ジョウセイケツニョセイ」にあてはまるそうだ（この場合、一般的には「情性欠如（ジョウセイケツジョ）」と表記されるのだが……）。

余談ではあるが、なぜ和田アキ子が細木数子の宿敵なのか。そのエピソードをご紹介しよう。

ことの発端は2004年（平成16年）7月21日に放送された『細木数子の人生ダメ出し道場』（フジテレビ系列）で、細木が和田を鑑定したことである。和田が「ヒット曲を出すにはどうしたらいいのか?・」と尋ねたところ、細木は「今年、来年は新曲を出さないこと」

「でも8月に新曲が出るんですけど」

「出てもあんまり売れないね」とバッサリ。

しかし、〝芸能界のゴッド姐《ねえ》さん〟と呼ばれる和田が、ここまでバカにされて黙っているはずがない。後日、自身の番組『アッコにおまかせ』（TBSテレビ）で、ボードに白い目線を入れた細木の顔面をでかでかと貼りだし、「有名占い師です」と前置きしてこう話した。

「この人はアテネオリンピックで谷亮子選手は金メダルをとれないと予言したが、谷選手は立派に金メダルを獲得した。この人の占いは全然あたらない」

女性誌によれば、細木は「目隠しするとは私を犯罪者扱いする気か！」とプロデューサーをとおして番組にさんざん猛抗議したという。

さすがの和田も今回の正月特番では「殴れば勝つけど、知識では負ける」と譲《ゆず》る姿勢をみせていた。


現在、細木数子は「新・視聴率女王」の座を獲得し、出演するテレビ番組はすべて高視聴率を記録。出版する著書もベストセラーである。レギュラー番組を複数抱え、正月特番でも細木の名を掲《かか》げた冠番組が目白押しであった。

いまや押しも押されもせぬ国民的スター。日本で細木数子の名を知らぬ者はほとんどいない。テレビの視聴者や著書の読者のなかにも、そんな細木のファンは多いだろう。だれに対しても遠慮なくズバズバ痛快にものをいうその姿勢に、テレビ画面の前で「なるほどスゴイ」と納得される人も多いだろう。

しかし、細木数子のこれまでの人生を振り返ってみると、彼女のあまりの言行不一致ぶりにあきれはててしまう。口先だけのきれいごとならば、だれにでもいえる。あたらない予言など、だれにでもできる。

細木数子とはいったいどんな人物なのか。どんな人生を歩んできたのか。細木の「正体」ともいえるこれまでの過去を紹介するとともに、真の細木数子という女性を明らかにするために本書を執筆した。

細木数子の占いは信じられるのか。テレビで見られるような細木の人情深さは本物なのか。その判断は、本書を読み終えたあとの読者に委《ゆだ》ねたい。

第1章

細木数子、その生い立ちから島倉千代子問題まで

The scandal of Kazuko Hosoki.

東京・渋谷で生まれ、その商才から
水商売で大成功を収めた細木数子。
しかし男にダマされて10億円の借金を背負うハメに。
それでもめげない細木は、大物歌手の
島倉千代子を利用することを考えはじめた……。

14歳で水商売スタート。17歳で店をオープンした金儲けの才覚

週刊文春で毎年恒例の『「女が嫌いな女」1000人アンケート』で、昨年細木数子は初登場第2位（第1位はさとう玉緒）に輝いた。

また、同誌の「目にするだけで腹が立つ『俗悪バラエティ番組』1000人アンケート」では、細木数子の冠番組が堂々第1位を獲得した。よくいえば現代のカリスマ、悪くいえば現代の怪物ともとれる稀代《きだい》の女占い師・細木数子は、どうやって誕生したのだろうか——。

細木数子がこの世に生を受けたのは1938年（昭和13年）4月4日、3男5女の8人兄弟の4女であった。生家は東京・渋谷にてバー「千代」を営んで

いた。父親の細木之伴《ゆきとも》が1946年（昭和21年）、細木が8歳の頃に亡くなると、店は「千代」から「娘茶屋」へと名前を変え、母親と娘5人で切り盛りするかたちとなった。

当時はまだ幼かった細木も、数年後には店を手伝うようになる。14歳の細木は、セーラー服から和服に着替え、店に出て酌をした。そのおかげか、店は大繁盛であった。

もともと素質があったのか、手伝いをしながら水商売のコツをつかんだのか、細木は客から非常に人気があった。当時から商売の才覚があった細木は、客からもらうチップや、店から賃金としてもらう金をきちんと貯金することをいとわず、せっせと小銭を貯め込んでいたという。

17歳で下北沢の成徳女子高校を中退した細木は、それまでに貯めた37万円を独立資金として、東京駅近くに「ポニー」を開店。おにぎり、おしんこ、味噌汁、コーヒーで50円という、軽食喫茶である。

この「ポニー」を1年足らずで売却し、次は新橋ガード付近に本格的なクラブ「クラブ潤」を開店した。細木はこの店を、昼間は女給仕のみの喫茶店、夜は酒を飲ませるクラブとした。つまり夜の商売だけではもったいないので、昼間はカフェーとして店を有効活用したというわけだ。昭和30年前後の当時、喫茶店で女性のウエイトレスだけというのはまだまだ珍しく、〝美人喫茶〟と呼ばれるカフェーは話題の商売だった。この「クラブ潤」の成功にもかかわらず、細木は1年足らずで閉店、230万円で売却した。

店舗や企業を安値で買い、軌道《きどう》に乗せてから売却するのは、現代でこそ投資企業戦略として一般的だ。しかし細木は当時18歳、まだ未成年である。いまでいえばたいした金額ではない気もするが、昭和30年前後といえば、公務員の初任給が1万円に満たない時代である。二十歳《はたち》前の女性が数百万円のお金を動かすのは、並たいていではない。自ら銀行融資をとりつけ、売却先を確保して転売——次の事業に乗りだす、という拡大的な商売展開をみせた細木は、辣腕の女経営者として賞賛に値するのではないだろうか。

細木は次に、銀座にバー「かずさ」をオープンする。3人の男兄弟のうち、弟・久慶《ひさよし》をことのほかかわいがっていた細木は、20坪のこの店にマスターとして久慶を迎え入れた（細木は8人兄弟だったが、ほかの兄弟は母親が違ったため、同腹である久慶をことのほかかわいがっていた）。

この弟は後年、選挙に6度も出馬を繰り返し、すべて落選しているのだが、ときを前後して渋谷の組織「安藤組」にも所属している。つまり、もともとはヤクザ関係者なのである。久慶がなぜ選挙に出馬したのか、いまだ解明されていない事実も多いが、ともかくそれはのちの時代のこと。いろいろと問題の多いこの弟・久慶に関しては、第5章でくわしくご紹介しよう。

この頃細木は、一度結婚している。相手は「かずさ」の客であった静岡の老舗の御曹司《おんぞうし》。しかしこの結婚は1週間で破局を迎えた（正式な離婚は細木が28歳の頃）。

数年後には同じく銀座に「だりあ」というクラブをオープン。弟・久慶に「かずさ」をまかせ、その後「だりあ」の2号店である「シンザン」というクラブもオープンさせた。

合計3店舗のクラブ経営者、しかもすべて銀座という一等地である。こうして夜の世界で大成功を収めた細木は、弱冠《じゃっかん》27歳で世田谷区代沢に120坪の豪邸を建てる。

生家の「娘茶屋」からはじまり、数々の店舗経営を変遷して商売を拡大させていった細木数子。しかし数年後、彼女は莫大《ばくだい》な借金を背負うことになる――。

銀座でのクラブ経営絶頂期、恋愛詐欺《さぎ》師にダマされる

「彼女は昔から男好きでね。とくに〝男のなかの男〟みたいな男らしいタイプが大好き。女同士のおしゃべりなんかよりも、男とくっついたり男たちの取り巻きと騒いでいたほうが楽しいという人だった」（細木と旧知の女性）。

三つ子の魂《たましい》百までとはよくいったもので、いまでも細木はテレビ番組でタッキーこと滝沢秀明やヒロミなど、男性タレントをはべらせて楽しそうにはしゃ

いでいる。たしかに男嫌いでは水商売はつとまらないだろうが、細木はある男性との出会いによって、それまでの成功から一転、どん底へと転落していく。

35歳頃の細木は、100名ほどの従業員を抱え、銀座で3店舗を経営する大ママ。この頃はクラブ経営も絶頂期で、いわゆる若き成功者であった。

そんな細木の前に、年の頃は40代手前、白いスーツで身をかためた新顔の客があらわれる。

最高級クラブ「ラテンクォーター」という店があった。この店は1982年（昭和57年）に大火災にあったホテル・ニュージャパンの地下にあり、政治家や有名人、海外の要人などが集《つど》っていた。男はその「ラテンクォーター」で仕事を終えたホステスを大勢引き連れて細木の店に来店する。しかも財布には新札がぎっしりで、金払いもよいときている。〝金にきれいで粋《いき》な〟上客であった。

細木の店の常連となり、懇意《こんい》になった男はあるとき、細木にひとつの頼みごとを持ちかける。

「軽井沢の土地を購入する予定だが、いま現金が足りない。50万借りて、すぐ返させてくれないだろうか」

細木はこれを承諾し、男に50万円を貸した。すると男は1週間後に1割の利息をつけ、細木の自宅を訪ねてきちんと金を返してきた。最初の借金を礼儀正しく返してきたことで、細木の女心をくすぐり、信頼を獲得したのである。

その後の展開は想像するに難くない。次は100万、その次は500万ものの借金を申し込まれ、男の口車に乗った細木は、軽井沢の土地も購入した。

10億円の借金を抱え、世田谷の豪邸から4畳半のアパートへ凋落《ちょうらく》

細木とその男の計画は、赤坂に和風クラブ「艶歌《えんか》」を共同経営しよう、という話にまでふくらんだ。「艶歌」はすでに手付けが打たれ、細木が5000万円の融資をすればすぐにオーナーになれるという話で、細木はこれにのった。

これらの経緯から、この時期まで男は細木に借金を返して信頼をつないでいたこと、そしてふたりはかなりの恋仲だったことが推測される。

しかし細木が5000万円を支払い、「艶歌」をオープンさせると、あらわれたのはなぜか債権者の取り立てである。男はいつのまにか姿を消していた。男の借金の債権によって、「艶歌」で2億、土地の負債……、そしてそれらを埋めるための高利貸しにより、細木の負債総計はなんと10億円にものぼった。

細木は借金の抵当として銀座の3つのクラブ、世田谷の自宅を手ばなした。しかし債権者や関係暴力団の追い込みにあい、青山の4畳半2間の部屋に身を隠すことになる。

ほどなくして居場所はバレてしまったのだが、そのような窮地《きゅうち》に陥っても、細木はクラブ勤めを続けていた。夜の銀座の成功者として世田谷に豪邸をかまえていた頃から一転し、狭いアパートでカップラーメンをすする日々――。

当時、店の常連数名が細木を窮地から救おうと、金銭契約の愛人関係を申し出たが、細木がこの申し出に首を縦に振ることはなかった。

細木はその後、借金返済もしくは愛人援助の理由で、堀尾昌志《ほりおまさし》という男と交際をはじめる。当時の堀尾は、稲川会や住吉会とシマ貸借《たいしゃく》で縁の深い二率会《にびきかい》の相談役で、小金井一家の幹部。その世界では全国的に名の知られた人物であった。その堀尾に1億円を支払ってもらい、細木はその身をあずけている。その後もふたりは、入籍はせずに夫婦同様の生活を続けていた。

銀座での大成功から、10億円もの借金を抱えるに至ったわけだが、細木が次にその触手《しょくしゅ》を伸ばしたのは芸能界。次項からは、細木数子と島倉千代子の出会いとその確執《かくしつ》についてご紹介しよう。

島倉千代子、裏書保証で2億4000万円の借金を背負う

ことの発端は1977年（昭和52年）、『週刊女性』3月22日号に掲載された独占スクープ。

「わたしの愛情をもて遊んだ彼が憎い」

という見出しの、歌手・島倉千代子の告白記事である。

島倉千代子といえば、芸能生活50周年を迎えた、日本を代表するベテラン演歌歌手。借金や乳ガンなど数々の苦難を克服し、波瀾万丈《はらんばんじょう》の人生を乗り越えてきたことでもその名が知られている。

記事によると、16年前、ファンの投げた紙テープが目にあたり、失明寸前となった島倉の治療をしたのが五反田にある守屋眼科の守屋義人医師（記事掲載当時49歳）。週刊誌記事の「彼」とはこの守屋氏のこと。治療が縁で島倉と守屋氏は懇意となる。

一度は阪神タイガースの藤本勝巳《かつみ》選手と結婚した島倉だが、仕事を嫌がる夫とそりがあわず離婚。当時から全幅《ぜんぷく》の信頼を置いていた守屋氏とは、その後再婚すらささやかれる間柄となっていた。

この守屋氏は当時「守屋友健商事」というビル管理会社を経営していた。ところが資金繰りがうまくいかず、困り果てた守屋氏は、１万円単位から数千万円単位の金策に走っていた。「近いうちに7億の融資がある。そのあいだのつなぎなんだ、頼む」と、いっしょに暮らす島倉に手形の裏書保証をさせていた。

記事が掲載された前月の2月24日、町金融に振り出した手形が不渡りを出し、守屋友健商事は倒産。島倉が住んでいた赤坂2丁目のマンションも、本人が知らないうちに1億5600万円の抵当に入っていることがわかった。この手形に裏書保証していた島倉が、その2億4000万円をまるまる背負わされたというわけだ。

ちなみに公私ともに守屋氏に信頼をあずけていた島倉は、守屋氏に歌手の興《こう》行《ぎょう》権をも渡していた。大きな負債を抱えた守屋氏は、新宿・京王プラザホテルに三日三晩軟禁《なんきん》されて、借金返済と島倉の興行権譲渡《じょうと》を求める債権者からつるしあげをくらい、一時期姿をくらましたという。

多数の町金債権者の矛先《ほこさき》が、有名人であり、姿を隠すことのできない裏書保証人、島倉千代子に集中するのは当然のことであった。

島倉は世間に顔を名前を知られた人気歌手である。折しも2カ月のロングランで、観客の入りが累計20万人と予想されていた新宿・コマ劇場の大舞台の真っ最中。逃げだすわけにはいかない。大きなショックを受けながらも、知人の家に身を隠し、島倉は舞台に立ち続けた。

いまのわたしは、たった10円もままならない

このとき島倉が頼った知人が、「安倍正明」という、同じ赤坂に自宅をかまえる人物。安倍氏は島倉がデビュー当時から家族ぐるみで親交のあった元日劇ダンサーで、島倉が自ら「助けてください」と電話を入れたという。

安倍氏はダンサーや役者としての芸能活動ののち、鳩山一郎の私設秘書に身を転じた人物で、芸能界、政治家、暴力団関係……と顔がかなり広かった。安倍家の家風は、つき合いのある者ならばだれでも迎え入れ、食べさせ、飲ませ、寝泊まりもさせるというもの。その胸襟《きょうきん》を開いた人物像から、安倍氏の自宅に

は多種多様な顔ぶれが日常的に出入りしていた。矯正局の関係から、刑務所慰《い》問《もん》なども家族ぐるみで行っていたという。

個人主義が浸透した現在の日本ではちょっと考えられないが、安倍氏は一飯一宿の振るまいを日常的にできるような、昔気質《かたぎ》の人物だったと思われる。

今回、島倉の借金問題にかかわっていた、故・安倍正明氏の縁戚《えんせき》から話を聞くことができた。当時を知る人の貴重な証言である。

「もう、本当に古い話ですが……。お千代ちゃん（島倉千代子）はデビュー当時から歌の関係で安倍の家に出入りをしていたから、長いおつき合いがありましたね。当時大学に通っていた安倍の長女と仲のいいこともありましたしね。

歌手では当時、お千代とはるみ（都はるみ）が安倍の家に出入りしていました。ふたりはよく泊まっていったり、またご飯を食べていったりしていまして、お千代も〝わたしはこの家と、安倍さんの人柄が好きなの〟といってくれていました。安倍の家にはそういってくれる御仁《ごじん》が多かったんですよ。

安倍の家では朝7時に起きると、〝今日は誰々が泊まっているから〟と夫人が起こしてまわり、10人近くの朝食をつくり、食べさせて見送る——そんなことが日常化していたんです。

とくに、当時のはるみはやきもち焼きで、お千代ばかりにかまうと〝なんでわたしの話も聞いてくれないの。わたしの面倒も見てよ〟と甘えて、家族は苦笑いしていましたね。はるみはラーメンが大好きで、それをつくってあげれば元気に舞台やテレビの仕事にいくから、はるみに関しては〝本当にあなたは手がかからないねぇ〟なんて、みんなで談笑するようなおつき合いだったんです」（以降、安倍氏の縁戚）。

安倍氏にしてみれば、島倉千代子も「お千代」としてかわいがっていた仲。その島倉が守屋の件で多数の債権者に追われ、コマ劇場の楽屋から一歩も出られない状態に陥った。舞台をこなしながら、債権者の手から逃れなければならない島倉に、安倍氏は救いの手を差しのべたのだ。

「お千代が大変なことになっていると聞けば、〝よし、これは助けなければならない〟ということで、こっそり車で赤坂の自宅に連れてきたんですよ。それからは毎日車を取り替えて送迎したり、大変でした。

お千代は〝舞台だけは投げだすわけにはいかない。全国のファンの人たちにだけは迷惑はかけられません〟と、わたしたちの目の前で涙を流して、正座して手をついて頼み込んだんです。ずっと家族づき合いをしてきた、それもか弱い女の子でしょう。それも話を聞けば、ダマされて、利用されて、億単位の借金をかぶらされたという。だから安倍も、お千代を自宅にかくまい、相談を受けていたんです」

安倍氏は島倉をかくまいながら、島倉の借金問題をどう片づけるか、自分の友人たちに内々に相談していた。こうして島倉は、多数の債権者からなんとか逃れつつ、赤坂の安倍正明宅に寝泊まりする日々が続いた。

「大勢の氏素性《うじすじょう》もわからないような筋者《すじもの》の町金融の取り立てが大挙《たいきょ》するんじゃないかと、みんなで息を殺すように寝起きしていましたね。お千代は2階の長女の部屋でいっしょに寝泊まりしていました。そのときばかりは明かりもつけず、小声で話して、実はお風呂なんかも2日に一度で、家には人がほとんどいないかのように、なりを潜めていたんです。お千代ちゃんも〝ありがとうございます。本当にすみません、すみません〟ってね……。

安倍もダンサーとして舞台に立っていた人間だから、歌手や役者が舞台にかける意気込みは、ふつうの人より理解できる。とにかく舞台を無事に終わらせることが先決だといっていましたね」

2月24日に守屋友健商事が倒産し、一気に債権者に押しかけられた島倉は、翌月の3月中旬に前述のインタビューを受けている。インタビュー場所はコマ劇の楽屋。弁天小僧《べんてんこぞう》の衣装を脱いだ島倉は「いまのわたしは、たった10円もまならない。裸ですよ……」とつぶやいた。

細木数子と島倉千代子はいかにして出会ったのか

さてこのとき、島倉の送迎兼ボディガード役として登場したのが、まだ世間的には占い師の「う」の字もない細木数子である。

細木が初の著書『六星占術による運命の読み方』でデビューするのは1982年（昭和57年）。これより4年の歳月を数える。ちなみにこの頃の細木は赤坂で店を経営しており、占いはまだ自分が客としてみてもらう側であった。

さて、細木が島倉が出会った経緯として、細木自身がマスコミに発表してきた談話は次のようなものである。

——2月の寒い夜、ふらふらと青山墓地を歩く、いまにも死にそうな感じの女性がいた。彼女を車で拾ってあげたら、それが島倉千代子さんだった——。

これが島倉と細木の出会いだというのだが、これはもちろん、口裏をあわせたつくり話である。

それではなぜ「安倍―島倉―細木」のつながりがあったのか。

安倍氏は全国の刑務所慰問の関係から、細木の実姉《じっし》と知己《ちき》であった。細木の実姉は当時渋谷を風靡《ふうび》していた「安藤組」大幹部の妻。その姉のつてから、細木自身も安倍宅を訪ねる仲だったのだ。

「お姉さんと妹の細木さんは、もう昔っから安倍の家に出入りしていた子たちでした。どのくらいのつき合いかって？　彼女たちも夜やってきて、朝ご飯を姉妹で食べていったりしていたから、やっぱりお千代やはるみたちと同様、家族ぐるみの仲といっていいでしょうね。

時期でいうと、昭和35年くらい。細木さんが20代前半の頃からです。その頃細木さんは経営していたお店の客と一度結婚していますよね。相手は静岡の老舗《しにせ》の眼鏡屋の息子という話で、たまたま彼女の嫁ぎ先に、刑務所慰問のついでに訪ねたことがあったんですよ。

彼女は〝ようこそいらっしゃいました〟なんて、大きな土間できちんとあいさつして迎えてくれてね。〝ああ、数子ちゃんもこんな立派な名士の家にお嫁にいって、それなりにやっていけそうだね〟とみんなで喜んでいたんです。

ところが嫁いびりだの家風にあわないだのと、たった1週間で嫁ぎ先から飛びだしてきたっていうじゃありませんか。そりゃまたすごい……というようなことは話していましたね。その後赤坂に帰ってきてからも、細木さんとはずっと親交があったんですよ」

まだ若き細木数子を知る、数少ない証言である。不躾《ぶしつけ》ながら、すでに亡くなっている方も多い年代なのだから……。

このように、島倉と細木の出会いには、両人ともに世話になった安倍氏という媒介があったわけだ。

ここで細木自身「生涯のつき合い」と広言してはばからない、東京・新宿をシマとしていた小金井一家の総長・堀尾昌志なる、細木の夫同然の人物が登場する。細木自身はことの経緯についてこう話す。

「お千代は堀尾が面倒を見るっていうから、頼まれたわたしが、コマの送り迎えからボディガードまでしてあげて、家でも面倒を見てやったんじゃないの。いわば恩人だよ。堀尾に頼まれなければ、だれが借金で無一文の、取り立て屋がたくさんついてる女の面倒を見るのよ。

夜の10時頃安倍さんから電話があって、〝実はいま島倉千代子から、助けてくれって連絡が入った。堀尾さんにすぐ連絡がとれないだろうか〟っていうのよ。こんな時間に連絡はとれないし〝まぁそのうち、うちのお店に飲みにでもきたときに伝えておいてあげましょう〟って電話を切ったのよ。

でもいったん島倉を安倍さんの自宅にかくまったあと、安倍さんがいったの。〝堀尾さんが表にでるとマスコミがうるさいから、あんたがひとつ代行してくれないか〟ってね」

このように細木は公然といい放っているが、関係者の証言によれば、事態はすこしばかり食い違ってくるのだ。

島倉の代理人を引き受け、馬車馬のごとく働かせる

次の証言は、安倍氏が島倉の借金問題を相談していた別の人物のものである。

「最初は安倍さんから〝島倉の面倒を見てやってくれないか〟と連絡があったんだよ。〝いまはどんな具合なんだ〟と聞けば、どうも堀尾さんと細木数子のふたりから安倍さんに〝わたしたちで債権者からの取り立ての防御と、借金整理の代理人をさせてください〟って申し入れがきてると。

これは本当かどうかわからないけど、彼らが自分たちから申し入れたのは確実で、安倍さんの家までふたりで訪ねてきたってことだった。ならばこちらとしては〝それならそれで、いいんじゃないですか〟ってなったわけ。

ただ、わたしが面倒を見ていれば、島倉千代子の借金問題も、これほど世間を騒がす事件にならなくて済んだ。2億ちょっとの金なんて、水面下できちん

ときれいにしてあげられる。興行権はひとまず預けてもらうけど、返済さえきちんとしてくれればよかったのに。細木の芸能事務所に吸い上げられながら島倉が無理やり働かされることなんて、ありえなかったんだから……。

いくら世間知らずの島倉だって、細木のやり口は多少恨《うら》んでるんじゃないの。全国で人気の演歌歌手が、昼間はふつうの舞台に立って、夜は真夜中までキャバレーで何ステージも歌わされてさ。喉《のど》だってつぶれるし、あげくのはてにはバニースタイルで黒いあみタイツをはけだなんて。いくら借金を抱えてたって、痩せても枯れてもあの島倉千代子だ。プライドってもんがあるだろう」

この証言者は、いまやディスカウントショップの代名詞ともなった「ドン・キホーテ」の安田隆夫氏が、その前身である「泥棒市場」を経営するより以前、鮮花市場で捨てられた花をきれいに小さくラッピングして銀座で売ることをアドバイスし、資本金を貯めるのを手伝ったという人物。ドン・キホーテの安田会長にとっては、いわば恩人である。

とにかく犀《さい》は投げられた――。島倉の借金の肩代わりするため、いち早く登場したのが細木数子だったのだ。

恩人・安倍正明と決別し「細木のオネェ」のもとへ

細木は島倉のボディガードとして、3月にコマ劇場の公演が終了するまで、つきっきりで送り迎えをし、日中の公演中は楽屋で仮眠をとるという生活を繰り返した。

島倉本人は安倍宅でふとした物音にも脅《おび》えながら、息を潜《ひそ》めて生活する。安倍氏を含め家族全員は、そんな島倉を見守っていたという。

ところが、そんな生活が2週間ほど続いたある日のこと。島倉は帰宅すると、突然きちんと両手をついて

「今日でお暇をいただきたい」

と、再び畳に額《ひたい》をこすりつけたのである。仰天《ぎょうてん》したのはいままで身内同様に

島倉をかばってきた安倍氏であった。

「すいませんが、今日でこの家を失礼させてください。帰らせてください……」

「はらはらと涙を落として、そればかり繰り返すんです。理由を聞いてもいわずじまいで、ただ〝失礼させていただきたい〟の一点張り。

〝自分から助けてくれと駆け込んできて、出ていきたいとは何事だ〟と激怒する安倍に、〝お千代ちゃん、あなたは舞台でも役者だけど、私生活でも役者なのか。役者の顔だけで本心を語らずに演じきるのか〟と諌《いさ》める家族……。いっしょの部屋で寝ていた長女などは、〝なぜお千代ちゃんが出ていくのかわからない。どうして？　お千代ちゃん〟と、押問答になってしまいました。

でも貝のように口を閉ざしたお千代は涙をこぼすばかりで、まったく埒《らち》が明かない。恩を仇《あだ》で返されたかたちの安倍が〝じゃあいい、出ていってくれ〟と。結局もの別れになってしまいました」（現場にいた安倍氏の縁戚談）。

このあと島倉千代子が転がり込んだ〝潜伏先《せんぷく》〟は、なんと細木数子の自宅マンションであった。

「なにもなく、ふらふらと歩くわたしに〝あんた島倉千代子じゃないの。死にそうな顔して。どうしたの。車に乗りなよ〟と家に連れていってくれ、シチューをつくってくれ、温かいシャワーを浴びさせてくれたオネェ。そのとき人の心が染みて染みて。うれしかった。人の情けがこんなに熱いものか。そのときわたしはもう一度生きてみようと思ったのです」（島倉千代子のインタビュー、1977年［昭和52年］7月『プレイボーイ』より）。

島倉千代子、完全に細木の術中にはまる

その後の細木の対応は非常に素早かった。

当時2億4000万円の借金（のちに4億3000万円と判明）の最大債権

者を小金井一家の堀尾ということにして、3月14日、赤坂の「艶歌」で債権者会議を開く。この「艶歌」は、細木が男にダマされ、10億の借金を返済するために1軒のみ切り盛りしていたクラブである。

「わたしは島倉千代子の代理人です。ここに現金1億5000万円を用意いたしました。ご不満と思いますが、10年以上取り立てて島倉本人からの返金を待つより、これで手を打ってもらえませんか」

ここで数十名の債権者のほとんどが、渋々同意したかたちとなったという。細木自身はこの1億5000万円を〝堀尾が身体を張って用意した現金〟と表現しているが、「堀尾がシマ貸しをしていた複数の暴力団が用意した金」（ある暴力団幹部の証言より）ということもあり、債権者も強くは押せない事情があったのだ。

そして島倉千代子は、完全に細木数子の手中に落ちた――。

故・安倍氏の身内はこう語る。

「10年以上、安倍とのつき合いで家に寝泊まりし、食事もともにしたお千代ちゃんも、細木数子ももちろんそれっきり。どちらも挨拶ひとつ、電話一本ありゃしませんよ。すでに30年近くの歳月が経過して、すべて昔のことですが……。

ただテレビでね、細木さんの姿はいつだって拝見します。〝人は心だ〟なんて説きながら、ホストクラブ遊びで何百万だの、数千万の宝石だのって公共の電波で見せびらかすのはどうなんでしょう。なんとか生活して、生きていくのがやっとの人たちだって世の中にはたくさんいるんですよ。彼女だってそんなことは十分わかっているはず。だからこそ、そんなことをこれ見よがしにテレビでいわなくともいいじゃないですか。

金儲けのためなら他人を足蹴《あしげ》にする、そんな姿を画面で見るたびに、正直うんざりしてしまいます。金儲けはいくらしてもいいけれど、人様の前で大仰《おおぎょう》にそれをいいふらすことはないでしょう。

口はばったいことですが、彼女が安倍の家で世話になっていたときに、安倍はただの1円だってもらったことなんてありませんでしたよ。安倍の家はそういう家で、家族や縁のあった人たちとは、みんな仲よくさせてもらっていましたから。細木さんが本当に大衆に心を説くのなら、人の未来を占う力量があるのなら、挨拶の電話一本でいい。寄こしてみなさいといいたい気持ちもあるんですよ……」

その後赤坂の安倍邸に、細木の内縁の夫である堀尾が単身ですっ飛んできたという。そして堀尾は畳に膝《ひざ》をつき、涙ながらに謝罪した。

「このたびは、借金整理とボディガードというかたちのはずだったんですが、細木がこんなことにしてしまい、本当に申し訳ない……。でも、信じてくださ い。わたし自身の気持ちは細木とは全然違いますから、また顔をあわさせてください。わたしはこの家の空気や人柄や、仲のよいあったかい家が本当に好きで、いつも寄せさせてもらっていたんです……」

泣く子も黙る大親分が涙ながらに謝罪する姿に、さすがの安倍氏も何もいえなかったという。

とにかく10億もの借金を返済途中の細木は、島倉千代子という金のなる木を獲得したのだ。

細木の浮気防止術、島倉の手足を縛りつけて軟禁状態に

さて、舞台は次の幕をきった。

細木は1億5000万円の借金を、毎月500万円ずつの手形決済で返金するめどを立てる。

「債権者の嫌がらせから島倉を守るため、寝食《しんしょく》をともにし、いっしょに寝ていたときには懐刀《ふところがたな》を忍ばせていた」「手形を落とすために質屋にも通っていた」など、細木はことあるごとに島倉に与えた〝恩〟を主張する。

島倉サイドはこの件についていまだひと言も口にせず、反論もしないが、細木と島倉、そして堀尾の共同生活については、おもしろいエピソードがある。

「債権者がまだ完全に片づいていない頃、細木のマンションで、細木・島倉・堀尾の3人が川の字になって寝ていた期間がかなりのあいだ続いていた。

細木と堀尾は内縁関係。いっぽう島倉千代子は若くて美しい名前の売れた歌手。堀尾と島倉が性的に〝デキて〟しまっては大変と、細木は自分の片手と島倉の片手、自分の片足首と島倉の片足首を紐《ひも》でくくりつけ、万が一にも浮気されないよう、縛りつけて寝ていた」（芸能関係者の証言）

細木はずいぶんやきもち焼きな性分だったらしいが、毎晩手足を縛りつけられて寝ていた島倉千代子は、たまったものではなかっただろう。細木のやっていたことは島倉を守る懐刀どころではなく、まさに軟禁である。

1974年（昭和49年）、細木数子は「中央三光商事」という有限会社を赤坂に設立している。この会社の事業項目に、細木は飲食店業・喫茶店業とともに、「芸能プロダクション」の1行をくわえていた。それが1977年（昭和52年）からはじまる島倉との騒動のきっかけともなった。

島倉が細木のもとに身をあずけてからは、芸能事務所の社長と所属演歌歌手として、二人三脚で借金返済のための奔走《ほんそう》がはじまる。

細木の芸能事務所「ミュージックオフィス」で島倉はとことん酷使《こくし》され、搾《さく》取《しゅ》され続けた。それはさながら、アメリカ大陸に連れてこられた黒人奴隷並みの労働であったという。

島倉の後見人となったことで、細木側にはかなりの利益があった。

一例として、当初守屋氏の借金抵当に入っていた島倉千代子の5LDKのマンション、赤坂パークハウス206号室がある。この物件は1億5600万円で競売《けいばい》にかけられ、細木が中央三光商事名義で買い戻した。以降細木はここを住居にかまえ、堀尾と暮らす。ちなみにこのマンションは18億円の買値がついており、これだけでも島倉の借金などお釣りがくるほどだ。細木がのちの再婚相手・安岡正篤《やすおかまさひろ》氏を引っ張り込んだのもこのマンションである。

細木はさらに、「光星龍」というペンネームで、島倉の楽曲の作詞を担当していたこともある。残念ながら細木が作詞したものはヒットにおよばなかったが、当然多少なりとも印税は入った。

また当時の島倉は、年間50回ほどの地方公演を興行していた。これらの地方公演、テレビ、講演をあわせ、2億円近い年収を稼ぎだしていた島倉だが、2年が経過しても、借金はいっこうに減る様子がない。

しかも島倉千代子は小づかい銭すらもらえず、着のみ着のままで食事代だけ渡されて歌いに歌わされていた。島倉はもともと欲がなく、人を信じやすい性質の女性。その島倉も「わずかなお小づかいももらえない。なんのために朝から晩まで365日、歌わされているのかわからない」とぐちをこぼすようになったという。

2年後には「実は16億あった借金を6億円にしてあげていたのだ」というデマにまで話はふくれあがる。北海道の興行主が持ち逃げした2000万円も、島倉の負債にプラスされたという。

島倉が男にダマされて借金を背負うことになったのも、そして借金の代理人として細木らが立ち上がったのも事実である。しかし結果論でいえば、大きな恩を与えたのは細木ではなく、細木に利用され続けた島倉であると考えざるをえない。

人のいいお千代も、とうとう細木のもとから逃げだした

人を疑うことを知らず、お人好しで純粋だった島倉も、さすがに気がつきはじめたようだ。3年ものあいだ、その歌手生命をつぶされんばかりに働かされ続けたあげく、借金は決してなくならないというからくりに——。

島倉が「助けて」とSOSを出したのは、以前島倉のマネージャーを務めていた人物。事態を見かねたこの元マネージャーは、島倉の所属レコード会社であるコロムビアレコードに借金を肩代わりしてもらうかたちで、事務所を移籍させた。

細木サイドではこの移籍によって、「島倉の負債1億円」が完済されたと発表

しているが、その何倍もの金を搾取していたのは火を見るよりも明らかである。移籍と借金のかたがつくと、島倉は即日、着のみ着のままで、元マネージャーの自宅に逃げ込むように細木のもとから姿を消している。

1981年（昭和56年）、ようやく島倉千代子は細木と手を切ることができたわけだ。ここでマスコミの扱いを覚えた細木数子は、何度か、この顛末《てんまつ》の「いい訳」をしている。

そのいい訳のひとつに、〝島倉としては細木から離れたくなかったのだが、いずれ独立させる約束をしていたから、無理に独立させた〟というものがある。「3年前、借金が終わったら独立するって約束したでしょう」という細木に、「なんの相談もなく勝手に決めないで。わたしは独立しません。わたしはオネェ以外の人は信じられません。独立なんてしたくない」と島倉が泣きつく。それでも細木は泣く泣く追いだした——というのが細木の告白であるが、もちろんこれは真っ赤な嘘。細木のごく近しい筋からも、こんな手前勝手な事情はいっさい聞かされたことはない。しかもこのいい訳は「自分の家に同居されるとプライベートがなくなるし」「赤坂のマンハッタン（ディスコ）開店で忙しくなるし」など、細木サイドの事情をくっつけたおまけつきだ。

「最初から島倉のマネジメントなんてしたくなかった。堀尾が面倒を見てくれっていうから仕方なく引き受けた。自殺でもされると困るから身請《みう》けしただけのこと。当時は彼女を食い物にしているとマスコミに叩かれて、自分としてもこれ以上やったら信用をなくしてしまうと思った」（細木）。

このいい訳が本当なら、細木と堀尾がふたりで安倍氏のところへいき、島倉の代理人になりたいと申し入れた事実、堀尾が泣きながら安倍氏に謝罪にいった事実はどうなるのであろうか。

島倉問題で広言した細木の嘘をさらに検証する

細木ＶＳ島倉。このふたりの大物女性の確執は、長いあいだ週刊誌の記事などで取り沙汰されてきたが、2004年（平成16年）になって、細木数子は突然、島倉千代子について2紙の女性週刊誌で語っている。

「なんとかお金を返さなくてはならないから、あのときは必死だったわ。素人だったからプロモーターにもダマされた。地方公演にいって客がほとんど入らずノーギャラに近いこともあって、島倉の公演の脚本や演出もわたしが手がけたの。

地方はとくに大変で、スタッフは全部あわせても30人ほど。交通費、宿泊費も捻出《ねんしゅつ》しなきゃならないし、わたしもなんでもやりました。切符もぎりもやりました。それこそお手洗いがないものだから、わたしもお千代もスタッフもみんなバケツで用を足したのよ。

税務署とも戦いでね。税務署の机をひっくり返したこともある。わたしもそのくらい必死だったってこと」（2004年［平成16年］『女性セブン』中略抜粋）

細木自身も苦労を重ね、3年間で2億4000万円を返したという細木の談話だが、この女性週刊誌での告白には続きがある。

「お千代は借金を返し終わったとたん、事務所を移籍してしまったのよ。わたしにはなんの挨拶もなく、今日に至るまでそれっきりです」

この話が本当なら、当時「お千代は自分が独立させた。彼女は独立を泣いて嫌がった」と同じ女性誌の誌面で告白したことは、いったいどうなるのであろう。いや、もう舌の根は乾きっているほどの時間はたっているのだが……。それとも昔の話なので、自分のつくり話さえも忘れてしまったのだろうか。

このふたつの細木のいい訳を見比べてみれば、素人目からみても細木の主張は支離滅裂《しりめつれつ》。どちらも真実ではないのは明らかだ。

ちなみに同年末のテレビ特番で、島倉千代子がはじめて自身の借金問題を語ったが、

「わたしを借金から救ってくれたのは、歌でした」

という、たったひと言だけのコメントであった。

島倉の半生は、彼女の代表曲『人生いろいろ』そのものだったといえるのだろう。

第2章

六星占術は他人のパクリ？ インチキ占いで大儲け

The scandal of Kazuko Hosoki.

細木数子の「占い師」としての根源は何か。
それは「驚くほどあたる」と自らがハマッた
ある女性占い師の占いであった。
細木は自伝の出版を「占い本出版」に変更して大あたり。
しかしそのネタはもちろん……。

細木数子、客としてある女性占い師と出会う

占い師・細木数子の本業は「占い」。

しかし細木自身は「わたしのいうことなんて信じちゃダメよ」「占いなんてあてにしちゃダメ。信じちゃいけない」と、常日頃からテレビ番組などでも発言、自身の占いの著書の前書きにもそう記している。

あたるも八卦《はっけ》、あたらぬも八卦といわれるのが占いだが、細木の「六星占術」は、ある人物の占法のパクリに独自の斜め覚えの手法をあてはめただけなのだから「細木数子の占いはあたらない」という世間の評価もあながち嘘ではなかろう。むしろ心中では細木本人がそれをいちばん自覚していると思われるのだが……。

いわゆる成功者と呼ばれる人たちは、ときに「過去に運命の転換となる人との出会いがあった」などと語り、人の縁を非常に大切にするものである。細木数子という稀代の占い師が誕生したきっかけもまた、ある女性占い師との出会いであった。

ときは昭和49年（1974年）、東京・新宿でのこと。細木がなぜその占い師のもとを訪れるようになったのか。細木の半生を考えれば、恋愛がらみの詐欺師に10億円もの借金を負わされ、心もとなくなって街頭《がいとう》の占い師を訪ねるようになったのかと想像したくなるが、それはちょっと違うのである。

細木が例の借金が縁で出会った小金井一家の総長・堀尾昌志。細木は堀尾と夫婦同様の生活（慣習としてヤクザは懲役《ちょうえき》の可能性などを考慮し、死ぬまで夫婦として生活をしても、入籍しないケースが多い）を送っていた。実はこの堀尾昌志の先代である小金井一家の長の娘が、占い師だったのである。そんな堀尾がらみの縁によって、細木は恩師となる女性占い師に出会ったのだ。

その女性占い師の父親は、新宿でも十二社から大木戸までの荒木町一帯をシマとして取りしきっていた。その後継者であり、細木の内縁の夫である堀尾は、その後、小金井一家トップの総長となる。

当時の博徒《ばくと》一家は非常に仁義や義理を重んじており、ひと昔前の抗争中心のヤクザや、現在の経済犯罪をともなうマフィア化したヤクザとは一線を画していた。たとえば先代の家族を、まるごと後継者のトップが面倒を見るような場合がほとんど。なかには、死ぬまで家族同様、同じ屋根の下で暮らすパターンもあったのである。

それにしても、この女性占い師との出会いがなければ、いわゆる「六星占術」も、現在の細木数子も存在しなかったことになる。まさに女性占い師さまさま、である。膨大《ぼうだい》な借金苦に陥《おちい》った細木が、起死回生《きしかいせい》の突破口《とっぱこう》をつかむきっかけとなったのだから……。

恩師の女性占い師は華族の血を引く人物

ここで細木の恩師である女性占い師について、その生い立ちを含めすこし説明しておこう。

実はこの女性占い師は、ある華族筋の女性が、ある男性とのあいだに身ごもった娘であった。まだ昭和のはじめの時代、恋愛結婚など、認められるはずもない。一度は結婚し、娘をひとりもうけたものの、ふたりは泣く泣く引き裂かれた。そして娘は華族の家から公共機関を通じ、先代の小金井一家の親分のもとへ預けられたのである。

そういった縁から、その女性占い師は小金井一家の長の娘として、大切に育てられた。あるとき育ての母親から「おまえは平民の子ではない」といわれ、自分の出身に疑問を抱いたという。彼女は幼少時代から正夢を数多く見るなどの霊的な才能を活かし、占いを50年以上も勉強した人物である。

彼女が細木の占いの恩師であることはあまり知られていないが、『3時にあいましょう』（TBS系列）などのテレビ番組にレギュラー出演していた経験もある。また、サンケイや読売グループの占いスクールの講師を何十年もの長きにわたって務めるなど、教え子の細木とは違った意味で、占いの世界では一家言《いっかげん》をもつ女性なのである。

彼女は官僚キャリアと結婚するが、まだまだ戦後の傷あとが深く、全国が貧困にあえいでいた時代である。当時新宿を縄張りにするヤクザの親分の家といえば、いわゆる富豪階級のようなもの。学歴と将来性はあっても、安月給の国家公務員の夫とは、経済観念の相違から離婚という結果になった。

彼女はのちにあるグループ企業の社長と再婚し、夫とともに事業をこなしながら、さらに占い業をこなし、占いの勉強も続けていたという。

彼女はいまでいう、バリバリのキャリアウーマンの走りであった。その彼女に対して、結局失敗したとはいえ、あの銀座で多いときには5店舗もの水商売のハコを経営していた細木である。負けん気の強い細木がある時期は彼女に心底傾倒し、信奉《しんぽう》した背景には、彼女の生い立ちとその生きざまがあったであろうことは想像に難くない。

占いにのめり込む細木、「どうしてこんなにあたるの？」

新宿3丁目に現在も姿をとどめる寄席《よせ》・末広亭の斜め前に「エルザ」という喫茶店があった。そこで占いを営んでいた彼女のもとに、堀尾と細木は訪れた。

喫茶店の古い木の扉を開け、ネッカチーフを頭にかぶり、うらぶれた様子で女性占い師の前にあらわれた細木である。女性占い師は当初、細木が「新宿を統括する小金井一家の総長である堀尾と、正式に結婚することができるだろうか」などといった、女性らしい悩みを占ってもらいにきたのかと思ったという。

「あなたは結婚したいのですか？　何を占って欲しいのですか？」と女性占い師が問うと、細木はただひと言、「お金」と返答した。

さすが細木数子。もっとも興味のあることは金儲けという、現在の姿を彷彿《ほうふつ》とさせる。

その後、細木は10億円の借金を返済しつつ、赤坂に100坪の地下駐車場を借りて「マンハッタン」というディスコクラブを開店する。この店の方角、開店の時期や日にち、店名、店舗の内装まで、この女性占い師が、細木の成功のためにすべてをこと細かく鑑定して決めたのである。

開店時期は、9月、10月、11月が細木数子の天冲殺であったため、8月となった。しかし、8月は共同経営者であり、細木とつくった会社の取締役にも名前を連ねる堀尾昌志にとっては、よくない時期だった。堀尾は占い師に、「開店時期は大事だから、ふたりともよい時期にしたい。しかも二八《にっぱち》（2月と8月）は客がつかない不景気な月なのに、なぜ8月に開店するのか」と多少ながら罪のない抗議をしたが、現場で采配《さいはい》をふるう細木にとって、8月は〝財運がつく〟非常に好調な時期であったという。

堀尾との相性にはじまり、店について、今後の展望について……。細木はこの女性占い師の占いによってさまざまなことを決定していった。細木がそこまで彼女に傾倒したのは、その占いが脅威《きょうい》の的中率であったからだという。

「大事な人との対人関係、相手の性格、相性もすごくあたる」

「どうしてこんなにあたるんだろう」

細木はそう驚嘆《きょうたん》し、すべてにおいて彼女の占いを頼るようになった。もちろん自宅をいききし、毎週占いをしてもらう。ときおり鑑定料3万円のかわりに、バッグなどをプレゼントすることもあった。

ちなみにこの女性占い師は、日本0学《ゼロがく》占星術会の主事長までのぼりつめ、1954年（昭和29年）から1977年（昭和52年）まで在籍し、のちに脱会。太陰暦、太陽暦に代表される陰《いん》と陽《よう》の一極二元論を根幹とし、時空の流れの法則を独自の研究で大成させた「眞理《しんり》占星学会」を主宰した人物。

彼女の、陰陽の法則によって複雑な計算にもとづいた占いだからこそ、あたるのだろう。根拠のない細木の〝殺界だから、なるべく大人しくしていろ〟などというわけのわからない占いとは断じて違うのである。

次々と的中する占いに感銘を受け、細木はますますのめりこんでいった。

女性占い師のほうでも、細木を身内同様に考え、「マンハッタン」に大挙する学生客相手に無料の占いコーナーを開いたりもしていた。それがひとつの店の目玉ともなっていたのである。彼女にとっては、〝裏表なく信頼しあい、心をつくしたおつき合い〟だったのであろう。

細木は占いを信じて赤坂でせっせと商売に励んだ。細木自身、ごく最近のインタビューでこう話している。

「(マンハッタンは) 赤じゅうたんを敷き詰めた最先端のディスコ。これが流行った。一日に何百人もきてね。売り上げの札束なんてゴミを入れる大きなポリタンク3つに、足でぎゅうぎゅう押し込んでいたね。おかげで借金は3年で返し終えたよ」(2005年[平成17年]6月『週刊ポスト』)

細木数子42歳の頃のことである。

借りた資料を元に出版した占い本がベストセラー

「彼女は占いの勉強をまったくしていない。ベースの知識をアレンジして、さらに手相、人相、墓相《ぼそう》を斜め読みしているだけ。最近はテレビの発言に霊感らしきものもくわわり、まどわされている視聴者、大金を払わされている顧客が忍びなくなってくる。これは事実だからしかたがないこと。

そしてテレビで〝金、金、金〟と自分の儲かり具合を広言し、ホスト遊びや身につけている宝石類の高額な値段について語る。そのうえで大衆には、父親母親、子どもとの因縁や心の持ちようを説くという支離滅裂さ。彼女のいっさい謙虚さに欠ける姿勢は、うらやましいとか、華やかだとか決して思えない」

自分の亡き夫の、父親代わりともいえる親分の愛娘。そして師とも仰ぐべき女性占い師の周辺人物からこう評価されては、さすがの細木もぐうのねもでないであろう。

細木の商売は軌道にのり、3年間で借金を完済した。

その1年ほど前、1982年（昭和57年）に、細木の初の著書『六星占術による運命の読み方』（ごま書房）が刊行された。細木が44歳の頃である。

この本は、〝島倉千代子の恩人〟というこれまでの売名、そして細木本人が弁当持参で、出版社の担当者とともに全国をサイン会しながら書店行脚《あんぎゃ》をしたこともあり、なんと70万部のベストセラーとなったのである。

占ってもらう立場であったこれまでの流れから、「なぜ細木数子がいきなり占いの本を書けたのか？」と思うだろう。

当初、細木は占いの本を出版する予定ではなかった。このとき執筆していたのは、実は細木自身の〝自伝〟である。島倉との決別などの経験から、多少マスコミに名前が露出した時期でもあり、波乱の半生を自伝として出版するもくろみだったわけである。

それまでの人生を書きつづり、出版社に提案した細木だったが、「いまひとつ面白くない」と編集長からダメだしされ、趣旨を変えて占い本でいこうと提案された。

実はこの幻の自伝本は、タイトルまで決定していた。その名も『勝手にしやがれ』。ジュリーこと沢田研二のヒット曲のパクリか、細木自身をイメージしたタイトルかは不明であるが。

そのとき細木は、恩師である女性占い師にこう告げたという。

「タイトルも決まって、自伝を出版するの。で、お世話になった先生のことも含めて流れの参考にしたいので、占いの資料を貸してほしい」

前述したように、連日のように公私ともにわたっていききをしあう、べったりとした身内同様のつき合いをしていたふたりである。もちろん、女性占い師は多数の資料を心よく貸してあげた。

しかし、細木からその数々の資料が返却されることはなかった。秘伝の占いの極意がびっしりと書き込まれた資料は、実にこれまで24年間、細木のもとへわたったままになっているのだ――。

占い方法はその女性占い師が長年の勉強から編みだした門外不出《もんがいふしゅつ》のものである。すべては彼女の頭のなかに入っていたから、仕事上の滞り《とどこお》はなかったというが……。

しかし、実際発売された本を見て、女性占い師は驚いたという。出版されたのは細木の自伝でもなんでもなく、箸にも棒にもひっかからない〝くだらない〟占い本であったからだ。

きちんとした占いの知識もなく、秘伝の資料をパクった『六星占術による運命の読み方』は、結果的に70万部の売れゆきをみせる大ヒットとなった。まさに〝ひょうたんからこま〟である。こうして占い師・細木数子が誕生した。

天冲殺明けの細木があるとき、女性占い師に「先生のような占いを私もしたい。お客からお金はとらないから、占いをしてもいいか」と話をした。けれど女性占い師は「お金をとるとらないの問題じゃなくて、あなたの占断で運命が変わってしまう人もいる。まだ勉強不足で人を占えるレベルではないから、辞めたほうがいいんじゃないの」と進言した。しかし細木はこれを聞かず、自分の店である「マンハッタン」で占いをはじめる。このあたりから恩師との溝が広がりはじめた。

わたしは男を出世させるけど、男よりも上にいってしまう女なの

「男の浮気は運命。男に浮気するなってのが無理なの！」「女は台所に入れ」など、至極《しごく》もっともらしい発言をする細木さえも、異性との相性や仕事など、人生のすべてを女性占い師にこまかく占ってもらっていた。ここでは、細木が女性占い師に占ってもらった結果のいくつかをご紹介しよう。

1938年（昭和13年）4月4日、8人兄弟の4女として生まれた細木数子は〝土星人〟。秘伝の資料には、内縁の夫・堀尾昌志と細木の生年月日による本人たちの性格と、相性の星まわりが詳細に記されているという。

さて肝心の細木と堀尾の相性だが、「丙寅《ひのえとら》」という、まったく同じ星がめぐっており、ほとんど同じ運命体というめぐりあわせのカップル。細木は女性としては非常に強い運勢で、また変わった人格の持ち主という結果が出ている。ふ

たりの相性は、いわば強と強、プラスとプラス。ふたりとも火と水の命式が多く、太く短い人生となるということだ。強い星まわりが衝突しあい、相殺《そうさい》効果で波瀾万丈の運命となる。

「やっぱり性格の強いもの同士はいっしょにいられない。わたしは男を出世させるけど、その男よりも上にいってしまうからいけない女なのよ」（1993年［平成5年］4月『宝石』インタビュー）。

かなり自信満々の自己評価だが、細木のこの言葉は、例の女性占い師による占いの結論によるものであることに相違はあるまい。

さらに次のページでは、なんと細木の2度目の結婚相手である安岡正篤氏の性格と相性を占ってもらっている。

陽明学者であり、日本の外交と政治のご意見番ともいえるビッグネームの安岡氏については第3章に後述するが、安岡氏と出会ってまもない頃、細木は当時内縁関係であった堀尾の次に相性を占ってもらっている。つまり、これは最初から細木が安岡氏と男女関係の交際をすすめようとしていた意志のあらわれであろう。

さらに次の占いは、安岡氏が死亡した先妻に婿入りした関係で姓はことなるが、安岡氏の実兄《じっけい》である堀田真快氏についてである。

堀田氏は安岡氏より8歳上の長兄で、真言宗《しんごんしゅう》・高野山《こうやさん》のトップである真言宗官長までも務めた人物。総理大臣にまで影響力を有し、また、知徳兼備の高僧として、始祖の弘法《こうぼう》大師になぞらえ「今弘法《いまこうぼう》」と称されるほど各界から尊敬の念を受けていた。

そして最後に、安岡氏の前妻とのあいだの長女、長兄、次女の性格と、その3人との相性までも占ってもらっているあたりは、「さすが細木」としかいいようがない。安岡氏との婚姻届が虚偽《きょぎ》かどうかの裁判沙汰で、当時は世間を騒がせたものだが、細木は連れ子（？）となるであろう3人の人物の性格をも、早々と鑑定してもらっていたのだ。

これらは占い本の処女作を出版し、自ら占い師として売りだしながらも、細木が「最重要項目」として例の女性占い師に鑑定してもらっていた内容の一部である。いかに細木がその時期、安岡との再婚に執念を燃やしていたかが想像できよう。

細木の「六星占術」は他人の占いをアレンジしただけ

原点は「算命学原点」とも「四柱推命《しちゅうすいめい》」ともいわれる細木の「六星占術」。しかし、もとはといえば恩師である女性占い師の資料を借り受けて、その内容をベースに細木が初の占い本を出版したことは、これまで説明したとおり。

たしかに筆者ですら、細木の占いについて、水面下で次のような話を何度か聞いたことがある。

細木の占いは女性占い師の占法を盗んでアレンジしたもので、原本の占いを半分くらいしか理解していないこと。そして1年に3カ月、12年に3年やってくるという冬の時期、「大殺界」も、本来は過ごしかたによってその魔力や恐怖を避けるべきものなのに、細木がそれを勉強できていないため、その恐怖だけが誇張《こちょう》されているということ――。

いままでは噂にしかすぎなかった。しかし実際に細木が堀尾や安岡など、自分の連れあいを占ってもらっている資料を読むことができ、細木と例の女性占い師の関係性が克明《こくめい》に浮かびあがるにつれ、これらの噂が真実味を帯びてくるのはいたしかたないことであろう。

0学占星術の「天冲殺」が、細木の「大殺界」にあたるという。細木のいうところの「大殺界」は1年間に3カ月、12年間で3年やってくる。「大殺界」では天と地のひずみが生じて何をやってもうまくいかないため、新しいことに手を出さず、じっと次の春を待って努力する忍耐の時期だと細木は説く。「大殺界」を回避する方法は皆無《かいむ》。ただひたすら冬の時期と考え、じっと耐えなければならないという。転居、転勤、転職もダメ。結婚もダメ。その時期にことを起こすとあとで必ず不幸が訪れると、「恐怖説法」のように細木は説く。

そして、この「大殺界」から、なぜか「先祖供養と墓参り」という図式が生まれるのだが――。

恩師である女性占い師は「本物」だったが……

ここで例の女性占い師が主宰していた「眞理占星学」の一部をご紹介しよう。彼女の占い哲学と細木の占いとの類似性に、あらためて気づかされる点が多いのだ。

彼女は「日本0学占星術会」在会中（1954年［昭和29年］～1977年［昭和52年］）、0学占星術では、日本で五指に入るほどの人物といわれ、数多くの本や雑誌などでも紹介されている。

かんたんに説明すると、彼女の占いは、一極二元論で太陽、太陰の数値計算に基づいたもの。陰陽、陽陰、陰々、陽……というように、万象《ばんしょう》には125年でひとつの区切りがあり、歴史・家系・政治も含め、この占法で鑑定すると、

1年のずれもなく未来が予見できるという。そこに該当する人物の生年月日をくわえ、運命の流れと、もって生まれた性質をあわせ、統合的に占いの答えを導きだす。これこそ細木に「どうしてこんなにあたるのだろう」といわしめた、彼女の驚異の占いの極意である。

彼女の占法によって、たとえばこれまでの天皇家の歴史を振り返ってみる。すると南朝・北朝の事変から、平城京遷都、大政奉還、近年では美智子さまをはじめとする民間からの血筋、現在物議を醸《かも》している女帝論への展開まで、すべてが読めてしまうというのだからすごい。現在の平成天皇の来年の運命もかなりの確率で読めるという。

また徳川家がなぜ15代で滅びたか、いいかえればなぜ15代、300年の長きにわたって統治国家を維持できたのか。そして現在の小泉政権がどのような舵とりになっていくか、米国ブッシュ大統領の関係性なども予見できるという。ちなみに今年（2006年［平成18年］）はまだしも、来年の小泉氏にはかなりの波乱がみてとれるそうだ。彼女は自分の執筆関係書籍にも、政治動向などの予見をくわしく書き記しているが、過去テレビや新聞などで報道された事件や出来事も、すべて的中させている。彼女の占いに自信がうかがえるのは当然といえるだろう。

女性占い師の占いは、ものごとの流れは「陰と陽」の入れ替わりによって起こり、自身で編みだした複雑な計算式によってその終結のパターンを読むというもの。その周期には125年周期と、120年周期がある。

細木の「12年がひとつの周期」という設定は、この還暦60年の陰＋60年の陽＝120年という周期をわかりやすく単純に10分の1に分割しただけにほかならない。根拠となる計算式がこれのみで、真の意味や奥の深さがないのだから、あたらないのも当然といえよう。

彼女の「120年周期の歴史の歩み」を反映させたのが、細木の六星占術の「12年周期」であると考えてまず間違いないだろう。そこに、日本人にわかりやすいよう火星人、水星人、木星人、金星人、土星人、天王星人、それに霊合星人などといった呼称をミックスし、世に発表したのが細木流である。

なんとか〝自己流〟の占いを発表したものの、これでは「占いの勉強も、易立てもできていない」と非難されてもいたしかたない。これは女性占い師の門下生の誰もが認めるところである。

細木の初の占い本が出版されたあと、70万部という売れゆきの結果、細木への鑑定依頼はあとを絶たなかった。鳴りっぱなしの電話に悲鳴をあげた細木は、女性占い師の事務所に「1件2万円を支払うから、先生に鑑定してもらって」とあせりの電話を何度もよこしている。しかしこの頃は、資料を勝手に使用したという軋轢《あつれき》もあり、数百名にものぼる門下生たちが女性占い師に連絡をつなぐことはなかった。数多くの依頼がこなせないというよりも、細木がきちんと鑑定する能力に欠けていたということである。

また、細木がその後出版した、『家康に学ぶ運命操縦法』（講談社）という占い本がある。この本は女性占い師が持っていた徳川家の綿密な資料のコピーを細木がまたもや無理にせがみ、その資料をもとに刊行したもの。細木は徳川家康が「辰巳天冲殺」であるとして話を展開しているのだが、家康の生年月日を換算すると「寅卯天冲殺」の人物だという。つまり細木の確認間違いか、計算間違い。チェックを怠り、間違った内容を刊行物として発行しているのだから、あきれてものがいえない。

また、細木数子が恩師と決別したときの捨て台詞というのも強烈だ。

「先生は学者でしょ。世間は目あき千人、めくら千人だ。誰が学者の書いた本を読むんだ」

これは数多くの読者を愚弄する言葉でもある。現在の細木はこの言葉どおり、100万人以上の日本の盲目信者相手に商売をしている。

多くの人が、友人や家族に「おれ土星人だからさぁ。いま大殺界なんだよね」「あのときは大殺界だったから、イヤなことばかり起こったの。だからわたしも結局会社を辞めちゃったりしてね……」などと話したことがあるだろう。なかには細木の占いを真に受けて、大殺界の「停止」時期というのを鵜呑《うの》みにし、自ら仕事を辞めてフラフラしている人もいるほどだ。

ただし、さすがの細木数子も、いまとなっては占いのど素人というわけではなかろう。〝10万人は鑑定している〟と豪語《ごうご》するように、経験に裏打ちされた知識がすこしずつ積み重ねられているはずだ。どんな仕事でも、3年もたてばいっぱしのプロになれるといわれるが、まさにこの言葉は細木のような人物にあてはまるのだろう。しかし占い師という看板を掲げるからには、あたりまえの話ではあるのだが……。

細木がメディア出世をはたした「阪神優勝」的中もパクリ？

当初細木がテレビ番組でしゃべったことのなかに、みごと的中した占いがふたつある。これが第一次細木ブームを巻き起こした。

ひとつは松田聖子と郷ひろみの破局。たしかにこれは現実となったが、さまざまな噂などからも、破局の可能性はかなり大きかったといえる。

もうひとつは、1985年（昭和60年）の阪神タイガースの優勝を予言したことだ。

バースや掛布が立役者となった同年の阪神優勝で、全国は沸きに沸いた。以降2003年（平成15年）の星野阪神にいたる約18年間、阪神は優勝どころか万年Bクラスを余儀《よぎ》なくされていただけに、当年の阪神優勝をぴたりとあてた細木の占いはすごい、六星占術はすごいということになったのである。

しかしながら、この阪神優勝も、実は例の女性占い師が細木に告げたことなのである。前述の陰陽の算出と周期から「今年の阪神は優勝する」という女性占い師の話を聞き、細木はそれをいけしゃあしゃあとテレビで発言していたそうだ。

これには女性占い師の門下生たちもあきれはてたという。

ちなみに細木は「1984年（昭和59年）、江川卓が巨人を追われる」「1986年（昭和61年）、中日ドラゴンズが優勝する」「1987年（昭和62年）、王監督の巨人軍は優勝できない」などと占ったが、3つともはずれている。細木はいい訳として「自分は野球のことはよくわからない」といっているそうだ。

大物芸能人にヤクザ権力をちらつかせる細木の厚顔ぶり

その後も、細木がテレビで権勢《けんせい》を振るい、大きな顔をし続けたエピソードは枚挙にいとまがない。１９８０年代、細木の第一次ブームともいえる時代のエピソードをいくつかご紹介しよう。

現在も関西の女帝として複数の人気番組を抱えるタレント、上沼恵美子の『怪傑！えみちゃんねる』（関西テレビ）にて、細木がコメンテーターとして出演していたときのこと。話の流れで細木が「看護婦風情が……」と発言。プロデューサーの引責・降板問題にまで発展したことがある。

そしてカネヤンこと金田正一元投手（４００勝投手）に向かって、番組で初対面のときに「ちょっとあんた、わたしのこと知っているでしょう」といきなり発言。さすがの大投手もむっとして返事をしなかったそうだが、これにはもちろん「小金井一家の堀尾昌志の内縁の妻、大親分の姐さんであるわたしのことは知らないはずはないでしょう」という裏の含みがある。

これら細木の厚顔《こうがん》ぶりは、当時の芸能・スポーツ興行をしきっていた裏家業＝ヤクザの権力をちらつかせたものである。

とくに当時の芸能界は、興行として現代よりもさらに密接にヤクザ稼業《かぎょう》とつながりが深かった。そこで「わたしは裏の世界での権力がバックについている」という自信から、テレビ番組などでいかにも各方面の有名人や大物と知り合いであるかのように振るまう。そして彼らのハロー効果（後光効果）を利用して、いかに自分を大物に見せるかの手練手管《てれんてくだ》を繰り返す。

相手もヤクザの姐さんと知れば、因縁をつけられてはたまったものではないから文句もいえない。

こうして自分を大きく印象づけるのが、細木の常套《じょうとう》手段のひとつである。これらの繰り返しと、島倉千代子や再婚相手の安岡正篤というブランド力の威光をバックにのしあがってきたのが現在の細木数子だ。

彼女らしい、ある意味わかりやすい売り込み方であるといえよう。しかしこのような手法は、営業のノウハウ本や心理学をすこしかじれば、だれしもわかる凡庸《ぼんよう》なものではあるのだが……。

芸能界の陰の大物・ハマコーこと浜田幸一の怒りを買う

しかしさしもの細木にも、たまにはひと筋縄でいかないケースもあるようだ。最近の例でいえば、２００４年（平成16年）９月３日放映の『ザ・ジャッジ！』（フジテレビ）のスペシャル番組でのこと。

自分を過信しすぎているのか、学習能力に欠けているのかわからないが、いつものように尊大な調子で水を向けた相手がまずかった。元国会の暴れん坊の異名をとる強面《こわもて》、ハマコーこと浜田幸一氏だったのだ。

番組で初対面、パネル席の前に座るハマコーに、「しばらく」と細木が握手を求め、手を差しだした。ところが開口一番「あんたと会ったことはねぇよ」と握手を拒否された。ハマコーにバッサリ斬り捨てられた細木だった。

ハマコーがやり手の議員としてならしていた当時、秘書として鞄持ちを務めていたある人物がいる。ある人物とは、現在芸能界に複数の関連子会社やプロダクションをもち、業界ではいわずとしれた帝王ぶりを発揮している某プロダクションの社長である。その所属タレントは中山美穂、小泉今日子、内田有紀、藤原紀香などなど。

これは日本の芸能界を語るうえで周知の事実なのだが、つまりハマコーに逆らえば、芸能界でもある種の圧力がはたらくのは必至《ひっし》。いまの細木が高視聴率をとれる女傑タレントとしていかに権勢を振るっていようが、ハマコーにはまったく通じないのである。ハマコーの激怒を買えば、某プロダクションからテレビ局に圧力がかかり、局は大弱り……。という図式は、業界の人間ならばだれでも知っている。

それを知ってか知らずか、細木が高圧的な口調でそのあたりのタレントと同じように「会ったことがある」などと不躾に水を向けたものだから、ハマコーは番組収録中に激怒。ＣＭのあいだも毒舌の応酬《おうしゅう》となり、結局1時間におよぶバトルトークの末、彼は胸にさしたピンマイクをもぎ取り、それを叩きつけて、そのまま帰ってしまったのだ。

「（ハマコーさんは）心の広い大きい人物。でも目先の話にとらわれて多くの真理を見ようとしない。それを気をつけられたら今後も元気も人気も出る」（細木・占い師としての発言）

「わたしは一般大衆の感覚でものをいっているんです！」（細木）

「（細木の宝石を指して）あんたの手にぶら下げているものが一般大衆が身につけるものなのか。それで大衆の気持ちがわかるのか！　俺はもう帰る！」（ハマコー）

このやりとりの事実関係を直撃した取材に対し、ハマコーはこう答えている。

「おれはあんな女と対等に扱われなくていい！　どう書かれてもいい。（中略）だいたい俺はその日車に乗って途中ではじめて細木の出演を知ったんだ。（中略）あいつには一度も会ったことがない。俺が知らないのに〝しばらく〟とかいって握手しようとしただろう？　だれがするか！」

実際には面識のない有名人を、大衆の前で知り合いと広言するという細木のこの手法は、はからずもこの件でみごとに露呈した。

とはいえ、細木本人が反省しているかどうかはわからない。「これからは相手を見なくちゃね」くらいのことは考えたかもしれないが……。この件で細木が自分の言動に責任をとり、きちんと釈明《しゃくめい》をした形跡は皆無である。

占ってもらう立場から、恩師からたくさんの資料を借り受け（借りたまま返さず）、それを土台に当初予定していなかった占い本を出版。そして最初は恩師の占いをずうずうしくも自分のものとしてテレビで発表。恩師との関係が断絶すると、内縁の夫である堀尾氏、そして再婚相手である安岡氏の力をかさに、のしあがっていく――。

細木の処世術は、数々のエピソードと照らしあわせて考えると、なんとも彼女らしい、ある種畏敬《いけい》の念すらおぼえるしたたかさである。

占いのあたりはずれについては、細木自身「六星は自分のことを考える道具に使うのが本来の姿だ。占いに振りまわされているようじゃ、本当の自分なんていつまでたってもわかりゃしないよ」といい訳じみた発言をしている。これはレトリックを用いた自己弁護でしかない。この発言は「わたしの占い＝六星占術はあたらないよ」という意味に解釈できるのではなかろうか。

事業家として才気あふれる恩師に触発された細木

金儲けに意欲的な細木は「仕事」に「占い」をプラスし、「金儲け」に意欲的なスタイルを打ちだした。

こういった細木の生きざまは、生来の水商売の豪腕《ごうわん》ぶりとあわせて、恩師である女性占い師の事業家としての才能に刺激を受けたのではないかと思われる。

細木の恩師である女性占い師は、父親が細木の内縁の夫・全国でも有名な堀尾昌志のさらに親分格であったわけだが、戦後の世の中、彼らの金銭感覚の違いを見せつけられる話がいくらでもある。

当時、官庁の初任給が1カ月2万円の時代に、一家の博徒は日銭の稼ぎが20万から30万円だったという。現在とは貨幣価値がかなり違うために正確な数字はうちだせないが、仮に1カ月20万円の給料として、1日200万円の売り上げ、1カ月で6000万円である。

そんな環境で育った女性占い師は、当初は官僚と結婚。父親と母親の板ばさみにあい、夫とは経済観念の違いからうまくいかず、結局離婚した。父親は娘にまっとうな官僚との結婚を望み、学問をつけさせるためにまだ珍しい女子学院に入れて教育を受けさせた。しかし母親は経済観念や生活レベルがまったく違いすぎると反対したという。1カ月6000万円の収入から20万円に下がれば、その懸念は当然のことではあろう。

女性占い師は次に、電気関係のグループ企業の社長と結婚する。経済的にはかなり恵まれた家へ嫁いだわけだが、彼女は当初、占いの勉強をしながらも「ふつうに働きたい」と銀座・松坂屋の呉服売場に勤めた。

また、一般の人の給料が平均2万5000円程度の時代に10年間勤続を続け、1カ月70万円の歩合制の給料をもらっていた。これは彼女の確定申告10年分の証明書がある。彼女の仕事の実力は、真実すごいものであった。

のちの1965年（昭和40年）、彼女は女社長としてひとりで乳業会社を設立した。企業卸の営業を個人で行い、人脈を駆使し、確約をとりつけていったというスーパーウーマン。それらのあいだにも占いの勉強は怠《おこた》らず、本の出版、テレビで占いのコーナー、サンケイ、読売グループの占い講師も請け負っているのだから、体がいくつあっても足りないほどだ。それほど勉強し続け、働き続けた女性である。

「細木は自分で占いをしていない」証明となる言動

細木が傾倒した女性占い師の占いは「つまり陰陽陰……の繰り返しを計算式であてはめて、答えを出す。つまり5年×3の15年、15年×3の45年でひとつのものごとが終わり、125年周期でひとつの区切りがつく」というもの。

これは生年月日などから占う人物像とはまた別の、ものごとを予測する占いの方式。十字のグラフのような計算式があるが、その複雑さから素人がみてもまったく理解できない。

国内外の政治や事件などをこの計算式にあてはめると、いつ何が起こるのかという時代の流れが的中するという。阪神の優勝も、この女性占い師の占いだからこそ的中したのだろう。この占法の弟子は全国にも数多く、内実を知るお弟子さんは、細木の占いに不満を訴える。

また、毎年出版される細木の六星占術の本には、星人別のラッキーカラーのページが割かれている。また、100万人が加入している携帯サイトにも、毎日のラッキーカラーが配信されているが、次のようなエピソードもある。

2004年（平成16年）7月4日放送の『史上最強の占いバトル　細木数子VSウンナン』（TBS）で、タレントの吉岡美穂が「自分のラッキーカラーを知りたい」というと、すかさず細木はいつもの口調でこう答えた。

「バカなこといわないいで。そんなものに意味なんてない。わたしはその辺の占い師とは違うの。そんなくだらないことはいわないわよ。ラッキーカラーなんて信じちゃダメ。だまされてるのよ！　そんなものがあれば日本人はみんな幸せになれる」

吉岡は困惑《こんわく》して反省していたが、記録として残る公共のテレビ番組で、ここまではっきり断言するのはいかがなものだろうか。テレビで放送された映像と、細木が毎年占って決めるという星人別の〝ラッキーカラー〟を両方提出されたら、細木がなんと答えるのか一興であろう。

「カラー占い」を、長いあいだ自分の売りのひとつとして占いアイテムに取り入れているにもかかわらず、それをまったく認識していない行為である。当の細木は自分の出版している〝占い本〟や携帯サイトの内容をよく覚えていないのかもしれないが……。

細木に占い師のゴーストがついていて、実際の「六星占術」を確立させているのは別のスタッフ、という水面下の噂を裏づける話のひとつである。

ゴーストと噂されるのは、一時期、地方紙や週刊誌上で占いをしていた大家の易者の妹分。この大家というのは、細木が知り合う前の安岡正篤氏と関係があった人物だという。

第3章

ビッグネームの安岡正篤氏をダマして結婚

The scandal of Kazuko Hosoki.

細木数子の著書のプロフィールにも登場する
「安岡正篤」とはいったい何者か。
大物ヤクザの内縁の妻として
バックグラウンドの大切さを身をもって知る細木は、
「昭和の偉人」と名高い安岡氏に近づいていく……。

「昭和の偉人」安岡正篤氏と出会った経緯とは？

最初に結論から申し上げておこう。

昭和の偉人である陽明学者、安岡正篤氏と細木数子の再婚は、財産分与と入籍の件で１９８３年（昭和58年）に安岡氏の家族から結婚の無効確認で家裁に訴えられ、細木が敗訴している。

いったんは財産放棄と籍を抜くことで、細木も同意しかけたが、その後同意を翻している。結局３年後の１９８６年（昭和61年）５月、細木が籍を抜くことで和解。つまり法的には、この婚姻は認知されなかったことになっている。

細木と安岡氏の出会いの経緯を記すと、ざっと次のようになる。

１９８３年（昭和58年）３月１日、東京・九段の料亭「あや」。日本国維会

（自衛隊関係者の政治団体）の集まりにて、八木信雄と山田栄一からの紹介で、細木は安岡氏と出会う。ちなみに八木氏は安岡氏の私的親睦《しんぼく》団体の副会長および日韓文化協会理事長である。

その数日後、新宿の師友会を訪ねた細木は、ふたたび安岡氏と引きあわせてもらう。その後細木は赤坂で経営する「マンハッタン」に安岡を招待。さらに自宅に招くなどして同年5月から8月に、安岡氏と交流する。のちの細かい経過は次のとおり。

◎8月29日、ふたりは安岡氏の家族には知らせず、「婚約誓約書」を書く。なぜか安岡氏は翌年の１９８４年（昭和59年）４月佳日に婚姻届を提出すると書き添えた。

◎9月6日、「胃痛」を訴えてきた安岡氏を家族が心配し、大阪・住友病院で検査。早期胃ガンとほかの併発病が発覚した。病名は巨大胃潰瘍、早期発見胃ガン、急性胆のう炎、不整脈、心不全、老人性認知症、尿道閉塞。

◎10月4日、安岡氏は8歳上の実兄である高野山大僧正・堀田真快師のもとで暮らしはじめる。ちなみに安岡氏は過去に婿入りしたために夫人姓。

◎10月9日、細木が「安岡氏と会わせろ」という旨の内容証明を安岡家に送付。

◎10月25日、安岡氏との婚姻届を、細木がひとりで役所に提出。

◎11月9日、「安岡数子」で婚姻届と面会要求を内容証明で安岡家に送付。

◎11月11日、「本人の認知しないところ」であると安岡家は反論を細木に送付。

◎11月18日、安岡家は婚姻届の無効確認を求めて調停を申し立てる。

◎12月7日、人身保護請求により安岡氏の居場所を知った細木数子は、住友病院7階、面会謝絶の特別室に報道陣を引き連れて訪問。面会謝絶を強行突破。

◎12月13日、安岡正篤逝去《せいきょ》。享年85歳。

細木と安岡氏をめぐる経緯は、一般的には以上のように認識されているが、細部を検証すると、かなり不自然な部分が出てくるのだ。

それでは、細木の「夫であり、陽明学、易学の師である安岡先生。わたしは彼の教えを一般大衆にわかりやすく広める後継者」という自負を突き崩す、数々の検証をご紹介していこう。細木のやり口に驚くこと間違いなしである。

85歳の「昭和の偉人」と45歳の「ヤクザの姐さん」が出会った日

安岡正篤氏は昭和の各首相のご意見番であり、終戦詔書《しょうしょ》に朱《しゅ》をいれ、年号平成の決定にもかかわった陽明学者。東大を卒業後、一時は官僚勤めをするがすぐに退職。金鶏《きんけい》学院、全国農士学校、全国師友会の3団体を設立した。

安岡氏は政財界人の精神教育に乗りだした「人間学」の大家であり、典型的な大学者である。安岡氏をご存知ない方のために、詳細な人物像と履歴はくわしく後述するが、細木と安岡氏の関係は、出会いの当初から奇妙なポイントがいくつかある。

まず安岡氏の紹介者は、細木の経営するマンハッタン（当時はディスコからフレンチレストランに変更）の客のひとりであった、新宿にある鳥料理屋「鳥一」の経営者、八木信雄氏である。

安岡氏は易学者としても高名で、細木は彼の著書『易と人生哲学』を愛読していたという。細木は先に述べたとおり、幻の自伝『勝手にしやがれ』を、出版社の意向で占い本に変更して出版。1年で70万部のベストセラーとなった。島倉の借金事件でマスコミに顔を売り込んだ経緯もあり、細木もいっぱしの有名人のはしくれとなっていた時期である。もちろん、この頃は小金井一家の堀尾昌志との内妻関係も続いていた。

八木氏に「安岡氏を紹介する」という約束をしてから、安岡氏の出席する会合に招待されるまで約半年の時間がかかったという説もある。がともかく、右翼団体・日本国維会の結成準備式にて、小金井一家の姐さんである細木と、陸軍にも通じ「日本最高の大物右翼」とされる安岡氏が引きあわされた。

細木がヤクザともつながりのある右翼の最高峰の人物として安岡氏の名前に興味をもったのか、易学者として興味をもったのかはさだかではない。

安岡氏が85歳、細木は戸籍上は独身の45歳のときであった。

細木のいう「安岡先生の勉強会参加」は事実無根

ここで紹介者と細木、安岡氏のかかわりについて説明しておこう。

何度も書いたとおり、細木は新宿一帯を縄張りとする小金井一家の総長、堀尾昌志と内縁関係を結んでいた。そして紹介者である八木信雄が経営する「鳥一」も新宿である。この地場《じば》のつながりから、安岡氏を紹介せよという話がでたのであろうことは容易に想像できる。

紹介者の八木は、安岡氏の束ねる各団体のなかでも、ある種傍流《ぼうりゅう》の団体に属していた。

安岡氏の創立した各団体は、日本においては一時期1万人を超え、各人が安岡氏の和漢洋学に通じた精神を学んでいた。氏の提唱する学問は一種の帝王学に通じる思想と現実をおりまぜたもので、「人間学」と称されていた。

安岡氏が社会に出てすぐに創立した「金鶏学院」には、当時の軍部や華族、また閣僚などにも心酔《しんすい》者が多かったという。

次に設立されたのが「全国師友会」。現在も「師友会」としてその名を残しているが、経済閥を中心に、全国の一部上場、二部上場の会長もしくは社長経験者しか籍をおけないという、選び抜かれた財界のトップの精神を鍛《きた》える団体であった。ちなみに最後の若手として末席にその名を連ねたメンバーに、堤清二氏（元セゾングループ代表）がいる。

そしてもうひとつが、「全国に農業を伝播《でんぱ》させ国の底力を徹底する」として結成された「農士学校」である。これは「机上《きじょう》で考えるより身体を動かせ」というような主旨の団体で、だれでも入ることができた。安岡氏に細木を紹介した八木は、この農士学校の東京幹部であった。

俗にいう安岡氏の「勉強会」というものは、師友会メンバーを中心に厳選された数十名によって開催されるもの。これ以外で「安岡氏の話を聞く」といえば全国での講演会が中心の活動のことであろう。

細木はよく「安岡先生の勉強会」と、いかにも会に参加していた弟子であったかのような話をするが、これはまったくの事実無根。実際に勉強会に参加していたメンバーに問うても、細木が勉強会に参加していたという話はいっさいでてこない。これは細木の格が低いというよりも、上場会社の会長もしくは社長経験者でなければ勉強会に参加する資格がない、せめて複数の参加者からの推薦が必要であるという、厳選されたメンバーによる会の運営ルールが不文律としてあったからである。

26歳の青年が63歳の海軍大将を論破した

安岡氏のネクタイ、スーツ姿の写真資料が残っているならば、それはかなり稀なもの。彼はほとんど背広などを着用せず、常に羽織袴《はおりはかま》姿。酔ったときにも決して膝を崩さず、きちんと居ずまいを正していたという。しかしその酒豪《しゅごう》ぶりはかなりのもので、数々の伝説を残したほどである。

すこし話は逸《そ》れるが、安岡氏の酒豪ぶりについてのエピソードがある（細木も安岡氏を酒でつったフシがあるので、紹介しよう）。

1923年（大正12年）。当時26歳の安岡氏と、63歳の八代六郎海軍大将（男爵）が、陽明学に関して大激論を戦わせた一夜があった。

八代大将は日露戦争で東郷平八郎率いる連合艦隊で大佐として出陣し、バルチック艦隊を撃沈、艦橋で尺八で古曲を吹奏したという人物。男の美学を追及し、右翼の北一輝《いっき》、大川周明からも慕われて親交があった。北一輝はのちの二・二六事件で、直接の関与はなかったが首謀者のひとりとして断罪・処刑された伝説的な思想家。安岡氏は一高時代の沼波恩師の紹介で、すでに北と知己であった。こういった人脈から、八代大将は大川から「東大の在学中から、王陽明研究を発表した人物がいる」と聞きおよび、自宅に安岡を招いたのである。

八代大将の弁に、ずばずばと反論していく安岡氏。ときは深夜を過ぎ、八代夫人は丁寧な口調で安岡氏にこう告げたそうである。「今夜はここできりあげられませんか。主人は以前と違ってもう高齢ですし、お酒ももう5本、空になっておりますし……」

その夜は日本酒の一升《いっしょう》瓶をふたりで5本、しめて5升を飲み干した計算となる。ものすごい酒豪である。

このとき八代大将は、「1週間考えて、持論が間違っていたと思うほうが相手に弟子入りすることにしよう」と申し出た。そして1週間後、紋付袴《もんつきはかま》の正装で安岡氏の自宅にあらわれた八代大将。63歳の彼は姿勢を正して「今後先生と呼ばせていただきます」と、26歳の若き安岡氏に頭を下げたという。

そしてのちに、八代大将は安岡氏を海軍大学校の講師として招きはじめる。当時の海軍将校には、のちの米内光政大臣、連合艦隊司令長官山本五十六、佐藤栄作の実兄佐藤一郎など、そうそうたる人物たちが名を連ねていた。

このような出来事もきっかけとなり、安岡氏は、各軍部、政治家、経済界のご意見番としての人生をたどっていくことになる。

安岡氏はまた、その酒豪ぶりから玄人の芸者衆にも非常に人気があったという。ただ酒に飲まれるようなことはなく、毎朝6時に起床すると、旧小倉藩剣術指南に仰いだ剣術の素振りを数百回欠かさなかったというエピソードもある。

細木数子、飲み屋で手ぐすね引いて安岡氏を待つ

安岡氏は東大を卒業してから、ほとんど「現金」を所持したことがなかったという。つまり、常におつきの者、書生代わりの人間が、安岡氏に関する現金の決済を請け負っていたということだ。

氏は学問の探究には心身を砕いたが、金銭についてはほとんど関心がなかった。実兄の堀田真快師も同様で、高野山のトップという座にいながら、何事も兄弟弟子と譲りあい、借家の2部屋を生涯の住まいとしたという。「今弘法」と呼ばれるほど、権力と金銭欲への執着がなかったそうである。

当時84歳を数えていた安岡氏は、体調を崩し、養生のために大本山宝珠院《ほうじゅ》という高野山の僧正《そうじょう》の学問所で兄とともに暮らしていた。

食欲のほとんどない安岡氏に、兄の高僧正はみかんを手でむき、ひと房、ふた房と食べさせる。このように、浮世を離れ、ふたり仲よく静謐《せいひつ》な生活を送っていたそうだ（師友会関係者の証言より）。

つまり細木と出会う1年ほど前から、安岡氏は実兄のところで養生するために、関西と東京をいききしていたのである。

細木は八木の経営する「鳥一」で、安岡氏とふたたび出会うことになるのだが、これもまた、「新宿」という土地柄が関係してくる。

前項で安岡氏が無類の酒豪であったというエピソードを紹介したが、晩年になっても安岡氏は日本酒しかたしなまず、とくに「ぬる燗《かん》」の酒が好物であった。熱燗《あつかん》を冷ましした「ぬる燗」は、アルコール分が飛んで体にやさしいのだという。

「安岡先生は、一度日本酒をやかんであたため、相当な温度になったものをまた人肌くらいまで冷ます〝ぬる燗〟が好物で、それしか飲まれませんでした。

また、まったく現金を持ち歩かなかったので、晩年は自分の弟子たちが経営する店にいつも招待されていたようです」（師友会関係者）

そのひとつが、農士学校の幹部である八木氏が経営する新宿の「鳥一」であった。しかもこの店は唯一、安岡の好物である「ぬる燗」の日本酒を出すことで知られていた。

また「鳥一」に隣接して、当時の師友会本部が新宿にあったことも地理的理由といえる。80代の安岡御大が新宿の師友会本部に顔を出し、隣にある弟子のひとりが経営する店に、日本酒を飲みながらの談義を楽しむために足を向けるのはごく自然であろう。

そしてこの「鳥一」に、3月頭の国維会結成式で、大勢のメンバーのなかのひとりとして安岡氏と出会った細木数子がいた。細木は3月頭の国維会結成式での出会い以降、連日午後6時頃になると「鳥一」にあらわれ、安岡氏が来店するのを、いまかいまかと待ちかまえていたのである。

そして、案の定《じょう》安岡氏が「鳥一」に姿をあらわした。ここからが細木の腕の見せ所である。

細木と安岡氏が親密になったきっかけは、細木のいうように「ある人に安岡先生を紹介してもらい、〝勉強会に〟参加して、陽明学・易学や思想を勉強する席にくわえてもらっていた」のではない。師友会本部の隣の「鳥一」で、たった一度しか面識のない安岡氏を待ちかまえ、いっしょに酒を飲む仲になった、というのが真実である。

「安岡先生とは他愛《たあい》ない話をしていた」という言葉の真意

ここで、細木のあるインタビューを紹介しよう。

――「どんなお話をされたんですか。安岡さんと細木さんは」

細木「他愛ない話よ」

――「他愛ないとおっしゃいますが、わたしはそうだとは思えません。いっしょに勉強なさったはずです」

細木「そこから先はもうちょっと時間ちょうだいよ」

――「安岡さんの本、たくさんわたしは読みました。もちろんあなたの本も読み、お話も聞きました。だからわたしには確信があるんです」

細木「しかたないわね。そこまでいわれちゃあ」

――「他愛のない話じゃなかったのでしょう」

細木「そうさせておいてください」

――「安岡氏から家庭教師のように学問を授けられたのではないのですか」

細木「……。そうです」

――「そういう話は相当されたのですか」

細木「しました」

――「でもかなり難しかった？」

細木「当時はそんなありがたみは全然理解していなかったのよ。だって難しいもの、話すことが。じゃあ先生、それを書いてくださいって。わたしは馬鹿だからさ。ちゃんとしたメモじゃなくて、電話のメモ帳か何かにささっと書いてもらって、漢字にルビをふってもらったり……。そのメモを見ると涙があふれます」

――「もっと教わることが……」

細木「できたのに、わたしは情けないそういう女だったのよね」

――「個人授業は、午前中とかお仕事が終わったあとですか」

細木「朝ですよ。朝からですよ。先生が世界の名言集に赤線を入れてくれて、ここだけ読んだらいいんだよとか。維摩経《ゆいまぎょう》から読みなさいといって本をくださったり、そういう教えもいただきました」

（『文藝春秋』２００４年［平成16年］11月号より抜粋）

このインタビューでは、細木数子が安岡氏の学問に触れ、教えを受けていたことの真偽に肉迫しているといえよう。しかし細木の答えはあいまいで、明快さに欠けている。インタビュアーの作家は、あくまで純粋な質問として質問をしているのか、それとも細木が安岡の学問をまったく理解していないという前提で、ひっかけで質問しているのか、その真意は判別しかねる。しかしかなり突っ込んだ質問が繰り返しされているのと、掲載された記事全体の調子から、真実は読者の判断に委ねるという編集サイドの意図が見える。

しかしインタビューのはじめの細木の言葉「他愛ない話よ」というのが、細木なりのいちばん正しい返答だと思われる。細木と出会った当時、すでに晩年の安岡御大は、本当に「他愛のない話」しかできない健康状態だったのだ――。

細木が安岡氏の蔵書と巻物に目を輝かせた日

話は2章に記したことに戻るが、細木はまだこのとき、例の女性占い師との決裂まではいたっていなかった。当時の細木は「安岡正篤、その実兄である高野山金剛峯寺大僧正・堀田真快師、そして安岡氏の前妻（故人）の実の息子や娘」の生年月日をどこからか入手し、彼らの性格、運命の流れ、そして自分との相性をすべて占ってもらっている。ここからも、細木がいかに安岡家を自分の手中に収めようかと当初から考えていたかが読みとれる。

さて、新宿の「鳥一」で、数名の仲間とともに安岡氏と日本酒を酌み交わしていた細木だが、まもなく自分の経営する「マンハッタン」、そして自宅の赤坂パークハウス（かつての島倉千代子の住居）に招待することに成功した。

しかし、さすがの細木も、最初から真剣に安岡との結婚まで考えていたわけではない。商売はそれなりに軌道にのっているし、占い師として本も売れた。名前もピンで売れはじめ、全国でも名の知られる小金井一家の総長である堀尾と暮らしている。

しかし安岡氏がはじめてマンハッタンを訪れたとき、自宅の巻物を持参してきたという話が、現場にいた人物の証言からとれている。そのとき、細木はその巻物にどれだけの価値があるのか、熱心にたずねていたという。

それからの細木の行動はすばやかった。

「細木は安岡先生ってやつから〝いまつき合いのある環境（暴力団関係者）は、あんたがこれから伸びるうえでプラスにならないから、離れなさい〟とアドバイスを受けた。だから早々に堀尾さんと別れて、赤坂のマンションから出ていってもらったというのが通説になっている」（ある暴力団幹部）。

「それも堀尾さんに〝安岡っていうすごい人間と知り合ったから、しばらく我慢して。別れたことにしよう〟と細木側から説得して切りだした」（別の幹部）。

細木が実際に安岡氏といっしょにいたのはたった2〜3カ月であるが、何年ものあいだ堀尾と同居していた赤坂のマンションに、安岡を招き入れている。

またこの時期、細木は自身の著書に、安岡正篤氏からの推薦文を入れてもらっている。

「細木数子女史の学問は親説文学と称すべき範疇に入るべきものと認められます　昭和58年4月4日」

師友会の勉強会は、厳選されたメンバーにしか参加資格がないことは前述のとおりだが、高輪の安岡邸はその門戸を開放し、何人もの弟子が区別なく交代で出入りしていた。寝泊まりをしていた縁で安岡氏の書生のようになった人も多く、知り合ったばかりの細木でも、安岡氏の自宅に訪問することは快《こころよ》く許されていたという。

そこで数々の古典的な蔵書、美術品、そして安岡氏の知名度を認識した細木が、氏を酒でもてなし、6月から8月の3カ月間、自宅に呼び入れていたのは事実である。

細木に学ぶ、認知症の老人の落としかた

ここからは昭和の偉人である安岡正篤氏に対し、はなはだ失礼にあたる言葉を用いなければならない。

しかし事実として、安岡氏が「老人性の認知症（痴呆症）であった」という

師友会関係者の証言が多々ある。

通説では、安岡氏は細木と出会う4年前の1979年（昭和54年）に、順天堂大学付属医院で前立腺肥大の手術を受けてから健康状態が不良になり、だんだん物忘れも激しくなっていったとされているが、これも真実とは異なる。

細木がかなりねばって安岡氏を紹介してもらった年の前年である1982年（昭和57年）に、プライベートで多大な心労が安岡御大をおそったのである。

ひとつは前妻の逝去である。妻が亡くなったのに重なって、同じ年、1男2女をもうけた安岡氏の長女、彼女は上野動物園の園長から多摩動物園の名物園長となった人物に嫁いでいたのだが、この長女も亡くなってしまった。

たった1年のあいだに愛する妻と娘を失い、80歳を超えて重度のストレスを抱えた安岡氏の言動に、次第に不安定なものが見てとれるようになったというのが真相である。

当時も安岡氏は羽織袴の正装で全国を飛びまわっていた。、金鶏学院や農士学校の分局は日本各地にあり、所属者も1万人を超えている。連日の精力的な学問会、講演、師友会の勉強会、そして政治関係者とのやりとり、ときの首相の草稿や国会答弁の作成……などなど、やるべきことを山ほど抱えていた。

しかしある日、2時間の講演会で、安岡氏は難解な講話をしながらも、同じ部分を繰り返し話しはじめた。そして2回が3回、3回が5回となり「先生はどうしたんだ」「ボケはじめているのではないか。講演に出すことができない」と関係者全員があわてた。まもなく安岡氏は、師友会会長の名目上の引退を余儀なくされた。

そしてその後、安岡氏は実兄である高野山の堀田師のもとに身を寄せて養生する。ときおり自宅に戻って会合に顔を出し、弟子の経営店に顔を出して、少量の酒をたしなむという、いわば隠居生活に身を投じていたのだ。

のちに安岡氏の検診結果として公表された重度の胃潰瘍、早期の胃ガンなどから想像するに、やはり身内の不幸による重度のストレスが体調に異変をもたらしたのだろう。天職として国家の展望について20代半ばから指導してきた御仁である。しかも80歳を超えてもかくしゃくとしていたことから、仕事によるストレスとは推測しにくい。

また、細木自身「入籍の約束をしていたときからある程度、安岡先生はボケていた」と、例の堀尾周辺に発言していたという証言もある。

これらの経緯から、前述のインタビューで細木が「他愛ない話」をしていたと答えたのは、たしかに真実とみなしていいだろう。

ときに筆などをしたためることはあったものの、認知症を患っていた安岡氏に、難解な講話を説く能力は、残念ながら失われていた。それでもときおりは、人間学、陽明学、経済学、政治学について話すこともあっただろう。しかしそれはレコードの針が飛んだ瞬間に奏《かな》でられる一小節の音楽のようにはかないもの。細木が「安岡先生の勉強会で師事していた」という事実はありえない。

「細木数子が安岡先生にいろいろ学んだなんていうけど、あれはまったくのでたらめでしょう。先生はボケていて、細木と出会った頃にはお気に入りの缶入りピースをすぱすぱ吸っていただけだからね。『鳥一』に通っていたのも、本部に近い顔なじみの店だし、ぬる燗の日本酒をいつも用意していたから。そこに細木が獲物をねらうみたいに先生がくるまで待ちかまえていたというわけ。

もちろん細木が勉強会にきたことなんてないし、それにつき合っていたって時期だって3カ月ちょっとでしょう。みんなあきれて、あんな輩《やから》にかかわりたくないと思ってる。それでも京都の邸宅を購入したときには、そのうち招待するなんて案内状を師友会や金鶏学院のメンバーに送ってきた。もちろん良識ある人たちには無視されたけれど」（某師友会関係者）。

派手な騒動を起こして、入院中の安岡氏を奪取せよ！

結局細木は、8月末に安岡氏が自ら記したという「婚約誓約書」を提出し、氏の妻としての立場を主張した。しかし調停では細木が敗訴。籍も抜いて、それ以上粘ると財産分与をねらう結婚詐欺として刑事告訴されるおそれもあるため、和解したという。

「しかし現実には、9月頭に胃腸の不良を安岡先生が訴えたのは細木ではなく身内。そして手配したのは筆頭《ひっとう》弟子の林繁之さん（現・安岡記念館関係者）、大阪の住友病院を用意したのも、師友会の弟子で住友電気工業の会長から相談役まで務めた亀井正夫氏。亀井さんの紹介だから、大阪の住友病院なんです。

そこで細木は結婚の念書を盾《たて》に勝手に婚姻届を提出した。聞けば念書の文字だって、すごく震えていて、安岡先生が自分できちんと書いた筆跡かどうかはあやしいらしい。だから調停でも細木が敗訴している。仕組まれた婚約だったのは状況からみれば明らか。しかも安岡先生に師事しただの、ボケている先生から人間学や易学を3カ月で学んだだのとおこがましい。勝手に婚姻届を出して妻だと主張したり、でたらめばかりで気持ち悪いね」（別の安岡氏関係者）。

体調不良を訴えた安岡氏が早期ガンの診断を受けて、実兄のところを出て入院していた頃。11月9日に細木は安岡氏と婚姻したことを安岡家に内容証明で送り、同時に安岡の居所を明らかにせよとの要求を通告した。

もちろん安岡家は大混乱である。昭和の偉人とまで評された安岡御大が、占い師と結婚しているという。しかも本人はガンと告知されたばかりである。

11月18日、安岡家側は婚姻届無効確認の調停を家裁に申し入れた。細木は安岡の居場所を興信所に依頼するものの芳《かんば》しい結果は出ず、東京地裁に「妻」として人身保護請求の申し立てをする。地裁から安岡の居場所が細木に通達されたのが、11月29日のことである。

ここで業《ごう》を煮やした細木は12月7日、なんと住友病院7階の安岡氏がいる特別室に、フラッシュをたいた報道陣を多数引き連れてあらわれ「主人を返しなさい！」と迫ったのである。

その約1週間後の12月13日。安岡正篤氏は他界した——。

騒動を引き起こし、相手の虚《きょ》をついて、自分の有利にことを運ぶ——これはヤクザ稼業では典型的な「騒動師」のやりかたである。また、細木のごく近い関係者筋では「大阪の住友病院にいったとき、弁護士を同行してこのとき無理やり入籍した」という証言もある。これは非常に重要な証言だが、事実関係は把握しきれていない。

マスコミの情報が錯綜《さくそう》したため、歴代首相などは安岡氏の密葬に参加することもままならなかった。また、細木数子を最初に安岡氏に紹介したふたりは、責任をとり脱会した。

安岡正篤氏が昭和の偉人、各界のご意見番として活躍してきたのは、かなりの上層階級のなかで日本という国を見わたすことのできる、恵まれた人脈もあったためと思われる。しかし晩年にはボケて、細木のような女性にねらわれて人生の最期《さいご》を迎えるという、皮肉な結末となってしまった。

安岡御大が親密に面倒をみていた一派に、政治家の故・福田赳夫《たけお》氏がいる。小泉純一郎首相は鞄持ちをしていた縁から、(一応)福田派と目される。

小泉首相がときおり「人生いろいろ……」などと目をつむり、ひたすらとんちんかんなセリフを吐く場面があるが、これは安岡氏の教えのひとつ。安岡氏の薦《すす》める書のなかに、江戸時代の『言志四録《げんししろく》』という儒学書があり、小泉首相は好んでこの書から自分の発言を抜粋しているという。

安岡正篤――その偉大な経歴と人脈

さて、「昭和の偉人」「陽明学・易学の大家」「歴代首相のご意見番」「稀代の思想家」などと称され、細木数子がその権威をあますところなく享受し続けた安岡正篤氏とは、いったいどれほどの人物なのか。現代のわたしたちにもわかりやすいよう、解説しておこう。

安岡正篤氏は和漢洋学に通じ、蔣介石、昭和天皇などとも交流があった。小磯首相、戦後は吉田茂、池田勇人、佐藤栄作、福田赳夫、中曽根康弘各歴代首相や、かの松下幸之助なども安岡氏を師と仰ぎ、自害した作家・三島由紀夫もその教えに心酔していたという。

前述のとおり、海軍幹部とも交流があり、戦前右翼の大物では二・二六事件の首謀者として処刑された北一輝、五・一五事件の大川周明ともつながりがあった。また、竹下登、中曽根康弘に毎週の座禅《ざぜん》指導をしていた四元義隆も、金鶏学院出身の弟子である。つまり日本のトップクラスの人間たちが、安岡氏に師事し、弟子として名を連ねているのだ。

有名な仕事では、「終戦詔書」への朱入れ、池田派「宏池《こうち》会」の命名、年号平成の決定などがある。ヒトラーやムッソリーニを激しく批判し、当時から「シナ・アジア統合思想」を世界観点で唱えていた。

安岡正篤氏は1898年（明治31年）2月13日、大阪府・旧順慶町《じゅんけいまち》に生まれる。生家である堀田家は、紀氏（小野氏、秦氏などと同様に大陸から渡来）という豪族筋の、南北朝時代に楠正行に従軍した弥五郎正秦氏が始祖といわれる。

5歳から四書五経を読破させる英才教育を受け、中学時代にはすでに春日神社神官から漢詩を、柳生藩大参事から陽明学を手ほどきされていたという。

安岡氏を語るうえで欠かせない「陽明学」を唱《とな》えた王陽明は兵部尚書（陸軍大臣控）も務め、学識だけでなく知行合一《ちこうごういつ》の天才的兵家。安岡氏の机上だけではなく行動せよという「人間学」の源泉はここにある。

「考えるのは大事。しかし考えながら体を動かし行動しなさい。行動しながら矯正していけばいい。そしてどの責任をだれがとっていくのか。これがきちんとして成功すればよし、失敗しても分裂は起こらない」

安岡氏は、弟子たちに学問とは別にこのような示唆《しさ》をしていたという。生き方の行動学ともいえる言葉だが、日本の首相、政治家、企業家たちには、この教えにそって行動をしていた者も少なくあるまい。

武人的「覇道」の大物右翼思想とはいつしか決別し、「王道」の基礎固めとして1926年（大正15年［昭和元年］）に宮内大臣牧野伸顕《のぶあき》や近衛文麿《このえふみまろ》、伯爵酒井忠正《ただまさ》の援助を受け、小石川御殿と称される敷地を提供されて「金鶏学院」を設立する。院生は一年一期で20名前後で全寮制。全人教育にのりだす。1935年（昭和10年）には一般の有志聴講制度もとりいれた。

いっぽうで、1931年（昭和6年）には「日本農士学校」を設立。こちらは政治教育ではなく、全国農家の子弟を埼玉県・管谷にあずかって勉強させ、帰郷後は農業の指導者にする目的である。現実には農業生産の従事、農村生活の改善に重きがおかれた。

安岡氏の教えは、彼の名前は知らずとも、さまざまなかたちでわれわれのあいだに浸透《しんとう》している。たとえば安岡氏が自身の「座右《ざゆう》の銘《めい》」として説いた〝六中観《りくちゅうかん》〟と呼ばれる名言がある。

「忙中閑あり。苦中楽あり。死中活あり。壺中天《こちゅう》あり。意中人あり。腹中書あり」

最初の3つはわかりやすいが、「壺中天あり」とは、貧しく老いた露店商人が、壺のなかに入ってみると金殿玉楼《きんでんぎょくろう》があったという『漢書《かんじょ》』の故事から、自分なりの内的世界を持てば、貧しくとも心は豊かという意味。「意中人あり」は信頼できる人を持つ幸せ（安岡氏は特にこれを大事にしていたという）、「腹中書あり」は観念知識ではなく、学識のたくわえが大事、という教えである。

特に「忙中閑あり」などはだれでも一度は耳にしたことがあるはずだが、これは安岡氏の言葉だったのである。

佐藤栄作首相は7年8カ月の在任中、21回の施政方針、所信表明の国会演説に赤字をいれてもらったという。皇居新宮完成の祝辞は安岡の草稿である。

大平正芳も、安岡氏に心酔したひとりである。そしてあるとき、「いましばらく、強気をおさえ、低い姿勢をとるといいでしょう」と安岡氏からアドバイスを受けた。それがきっかけで、大平が支えてきた池田内閣は〝低姿勢内閣〟と呼ばれるようになったという。

1949年（昭和24年）には、経済界の中心人物、つまり二部上場企業以上の代表取締役もしくは会長経験者から構成される「師友会」がつくられた。これは1983年（昭和58年）に安岡が永眠するまで続き、会員数は全国で一万人を突破した。三井、住友、西武など、大企業のトップのほとんどが安岡氏の思想や学問の教えを受けている。

安岡氏は「師友会」の会員たちに、いつも気安くさらさらと自分の教えや知識、故事成語などを書きつけてあげたという。細木が徳川家康をベースに出版した占い本に掲載されている色紙の推薦文。これも弟子たちに気軽にしたためた一筆の部類に入ると推測される。

国家の指導者として高い名誉と地位を築いた安岡氏だが、先述したように84歳のとき、夫人と長女を亡くして重度のストレスに見舞われ、意識もすっかりぼやけてしまった。その隙《すき》をつくように、わずか3カ月ちょっとの交際で婚約念書をとりつけ〝先生の弟子〟としての地位を確立したのが細木数子である。

安岡氏の後継者たちが蛇蝎《だかつ》のごとく細木を嫌うのも無理のないことであろう。

第4章

細木のまわりにはヤクザがいっぱい！

The scandal of Kazuko Hosoki.

姉は安藤組の幹部と結婚、弟は自らヤクザ。
当の細木数子も、小金井一家の堀尾昌志の「姐さん」。
細木はヤクザをも手玉にとってやりたい放題。
しかし有名になったいま、
表向きには「ヤクザお断り！」らしいが……。

細木の姉、渋谷のカリスマ組織・安藤組の大幹部と結婚

1938年（昭和13年）、3男5女の8人兄弟の4女として生まれた細木数子。父親の細木之伴は渋谷の百軒店《ひゃっけんだな》で「千代」を経営していた。ここは俗にいう「キャッチバー」だったが、父親が亡くなった8年後の1946年（昭和21年）、店は「娘茶屋」に名前を変え、細木も14歳の頃から切り盛りを手伝っている。

さて、細木にまつわる数々の〝黒い関係〟だが、そのベースは生家の環境にあったといえよう。もちろん細木の父親が「千代」を経営していた頃も、ヤクザのシノギはいわゆる「みかじめ料」が主流であった。つまり、縄張り地帯の経営店舗、企業から用心棒代を月々支払わせる代わりに、いざというときにはコワモテとして店を守る。しかし、いっぽうでみかじめ料の支払いを拒否するところには徹底したいやがらせをし、商売が成り立たなくなるよう邪魔をする

という、まさにマッチポンプ的な商売である。暴対法が施行《しこう》されてからはなかなかヤクザにとっても厳しくなったが、ひとつの巨大な収入源であった。

当時も渋谷には大小の水商売の店がひしめいており、安藤昇という愚連隊《ぐれんたい》上がりを中心に、大卒の連中ばかりで結成した「安藤組」が縄張りを張っていた。当然ながら、細木の父の経営する「千代」の用心棒にも、安藤組が入っていた。

1958年（昭和33年）、のちのホテル・ニュージャパン火災で有名となる横井英樹襲撃事件で、組長の安藤昇は全国指名手配となったが、同時に指名手配された安藤組幹部数名のなかに、志賀日出也という男がいる。店の用心棒がらみの縁で、この志賀と細木の実姉のひとりが結婚している。

細木の姉は、当時隆盛を誇り、最盛時には530名あまりの構成員を束ねていた安藤組組長の右腕で、赤坂支部を統括していた幹部の嫁となったわけだ。当然、細木にも安藤組との縁戚関係が生じることになる。

兄弟はヤクザ入り、父親は聞きかじりの占いで生計を立てる

細木はたびたび講演会などで、兄のひとりがヤクザでヒロポン中毒だったことを話している。しかし、その兄は大の野球ファンで、細木が巨人が優勝できないことを的中させたことから気味悪がって更正したのだという話である。

なお細木の実弟・久慶も、姉の縁で安藤組入りしている。ちなみに、戦後の混沌《こんとん》とした時代、当時の安藤組は大卒のインテリたちを中心に構成された集団であり、男のロマンにあこがれる若者にとっては羨望《せんぼう》の的であった。いまでも伝説的なカリスマとして名を残しているのがトップの安藤昇とその両腕である故・花形敬《けい》と西原健吾である。

こういった人脈から、細木と姉は、第1章の島倉問題で登場した安倍正明氏の自宅にも出入りしていた。そこで安倍氏が面倒を見ていた島倉千代子と知り

合ったという経緯になる。筋金入りの〝安藤組〟と縁戚関係にあった細木は、ヤクザの世界とは切っても切れない深いつながりがあったといえよう。

しかし水商売の辣腕《らつわん》もさることながら、安藤組幹部、父親のつき合いがあった松葉会会長筋、そして内縁関係にあった小金井一家総長の堀尾昌志と、細木はこの世界でもビッグネームとばかり交流していたようである。細木の大物ねらいの嗅覚は、幼いときからの環境によって培われたのであろうか。

父親の之伴は名前を4度変えるなど、身分や住居を転々としていた。一時は新宿・落合で高島易断《たかしまえきだん》の支部を営んでいたこともある。そのとき、之伴は手伝いの女性に手をつけ(表現は悪いが)、之伴より30歳年下のその女性は、養女として細木家の籍に入った。

実はこの養女が、細木数子の実の母親である。つまり、妻と愛人が同居し、母親の異なる兄弟姉妹が次々と生まれるという、なかなか複雑な家庭環境であった。戦後の時代にはそう珍しいことでなかったのかもしれないが、その道義的判断は読者の方々に委ねることとしよう。

ともかく一時期、細木の父親が高島易断の聞きかじりで生計を立てていたのは事実だ。つまり、いままでは水商売で稼いでいたものの、すこし景気が悪くなってきたものだから、今度は「〝あたらぬも八卦、あたるも八卦〟の占いで商売をしよう」という魂胆《こんたん》だったのだ。

ちなみにこの時期、某有名占い師が、高島易断本部に直接出向き、どう人を占えばいいのか指導したという。その内容は、「上段がまえにものをいい、人は一段見くだし、断言して相手を鑑定する」という、あたるあたらないはともかくとして、そのような指導であった（注：これは前時代のことであり、現在の高島易断では、総裁が代がわりしていることをお断りしておく）。

これは現在の細木数子と同じではないだろうか。細木が幼少の時期にこの指導を見聞きしていたかどうかはわからないが、父親の之伴がそのような仕事をしながら、子どもたちを育てていたのは事実だ。細木もしっかりその血を受け継いだようだが――。

人生の転機となった小金井一家総長・堀尾昌志との出会い

占い本としては世界最高の累計売り上げがギネスブックに記録され、出版する本はすべてベストセラー。『細木数子 六星占術』の携帯サイトは登録会員者数100万人を突破。月の売り上げは3億円を突破するという。

フジテレビとTBSにメインのレギュラー番組を持ち、いずれもゴールデンタイムに高い視聴率を叩きだすお化け番組。高視聴率の女王の名をほしいままにし、出演料も本人いわく「ひと番組400万円でトップクラス。わたしは大殺界とはいえ常人じゃ想像できないような金が入ってきているのよ。だれが（大殺界だからって）出演をやめるか」とのたまうほど。単なる占い師の肩書を持つオバサン（失礼！）が、ひとつの企業であるかのような経済効果と社会現象を巻き起こしているのだ。

細木自身の努力と根性（すこし古いが）、そしてタフな上昇志向と野心は、現在の細木現象を生み出した源といえよう。しかし本人の資質にくわえ、いまの細木数子をつくりだすうえで、裏に表に欠かせないのは、やはり生涯のつき合い、堀尾昌志その人にほかならないと、実感する。細木を占いに導いたのも、またある意味堀尾であった。その良し悪しは別としても――。

「小金井一家」は細木の記録には必ず出てくる名前だが、一般の人が聞いてもピンとこない節もあるだろう。現在小金井一家は、残念なことにその由緒ある名を消失させてしまった、堀尾の代で終わった組である。

ことの起こりは、江戸時代までさかのぼる。幕末の侠客《きょうかく》、清水の次郎長一家とも兄弟分であった初代小金井小次郎は、江戸の大親分であった。まだヤクザが任侠《にんきょう》と義理の世界であった古きよき時代である。

しかも小金井一家は純粋な博徒打ち。当時のヤクザは博徒とテキ屋にわかれていたが、小金井一家は賭場《とば》での博打のテラ銭（手数料）のあがりで商売していたため、暴行、殺人、詐欺、経済犯罪などとは一線を画していたと思われる。堀尾会長自身も、非常におとなしく、紳士的でお洒落な人物だったという風評である。

しかし、戦後のまだまだ日本経済が立ちゆかず、サラリーマンの月給が1万8000円ほどの時代、博徒たちは一日20万から30万の張りをしていたというから、その動く金額の大きさは、一般市民の金銭感覚では驚くべきものがある。

また、小金井一家全体では東京駅から新宿一帯、そして八王子方面までをシマとして、住吉会や稲川会に貸しだしていた。しかしのちの八王子抗争ではシマわたしをしてしまう。組関係というのは、いかなる巨大組織であっても、トップや親分格の力が非常に重要なもの。後継者に恵まれなければ、組は即衰退、吸収合併あるいは消失——という事態も免れないのである。

堀尾昌志と細木数子の直接の出会いは、第1章でも紹介したように、1971年（昭和46年［当時細木33歳］）頃、細木が客から恋愛がらみで共同出資の話を持ちかけられ、10億円の借金を連帯保証でかぶらされた詐欺事件であった。

当時、細木は取り立て屋から店を一軒まかされていたが、まもなく借金のうちの1億円をたてに、稲川会の幹部X氏と愛人関係を結んだ。のちに同1億円を肩がわりした小金井一家の堀尾総長と内縁関係を結び、ふたりの出会いとなった。

堀尾との出会いは、細木からすれば人生の転機ともいえるものだった。

細木の尻ぬぐいに奔走し、頭を下げる大親分

島倉千代子の借金事件、芸能事務所の経営からの売名、例の女性占い師とのかかわり、占い師デビュー、安岡正篤との疑惑の結婚……と、次々手を変え品を変えながら懐《ふところ》を肥やし、名前を売り、のし上がってきた細木数子。しかし、それら一連の行為も、「堀尾昌志」という金看板《きんかんばん》があってこそである。

細木のいき過ぎた激しい行動の後始末をつけてきたのも、ほかならぬ堀尾であった。女性占い師とのやりとり、島倉の借金事件でのコマ劇場、安岡氏の

「師友会」本部と「鳥一」の件など、すべて新宿と住まいや店のあった赤坂を舞台に繰り広げられている。

堀尾自身の評判は「紳士的でおとなしい、義理堅い、博打打ち」と、昔ながらの任侠道気質の人であったことがうかがえる。その世界での人脈は全国におよび、兄弟分とのつき合いも当然多い。

その堀尾が、細木のために頭を下げてまわったことが2度ほどある。

ひとつめは、1977年（昭和52年）、島倉千代子と安倍正明との決別時である。第1章でも触れたが、細木が〝ボディガード〟として借金の取り立てから島倉を守り、24時間行動をともにした直後、突然島倉は安倍の家を出た。当時、安倍の自宅は赤坂にあったが、堀尾はそこへ急いではせ参じたのである。

「涙ながらにきっちり正座をして、謝られたと聞きます。〝すいません、今回の不始末はわたしの不徳の致すところで、本当に申し訳なかった〟と、誠心誠意、謝られました」（安倍氏関係者）。

島倉の借金に関しては、週刊誌などでの報道とは違った側面があるようだ。

島倉自身はほとんど物欲がなく、ファンや後援者を非常に大切にする純粋な性格。「島倉以外でここまで無欲なのは、芸能界では女優の由美かおるくらいなもの」と名指しで断言する大物芸能界関係者もいるほどだ。

脱線ではあるが、由美かおるは阪神大震災のとき、懇意にしていたファンの自宅が全壊、困窮していたのを知って、自分の宝石類をすべてあげてしまったというのだから凄い。島倉も同じように、自分は私生活ではなんの変哲もない普段着を着ていて、ファンには何百万単位の着物をあっさりあげてしまうなどのエピソードがある。

また、島倉事件でささやかれる噂がふたつある。ひとつめは、もともと細木と堀尾が大物歌手の稼ぎをねらっていたというもの。ふたつめは、最初から守屋と安倍がグルで、故意に借金をつくり、そこに善意の細木と堀尾が登場して架空の借金6億円あまりを島倉から搾取《さくしゅ》した――というものである。

しかし、当時の安倍家側の話を聞けば、島倉が自ら「助けてほしい」と安倍氏に頼んだ経緯は事実のようで（故人となっている人も多く、はっきりした真相は断言できないが）、堀尾が「細木がお千代ちゃんを勝手に連れだして、本当に申し訳ない」と、土下座せんばかりの勢いで、涙を流しながら謝罪にきたというのもどうやら事実らしい。

当時の堀尾は小金井一家の大親分、金に困ったちんぴらの詐欺師というわけではない。涙ながらに謝ったというのが事実なら、少なくともそれは本心からのものであろう。細木のいき過ぎた野望に、堀尾が手打ちにしてもらうために謝りにきた、というのがもっとも自然である。

そしてふたつめは、先代会長の娘である女性占い師の一件。このときも堀尾は彼女のもとへ飛んで謝りにいったという。しかしこの件は身内同様の組関係のつき合いでのこと。内々でなんらかの手打ちがあったのだろう。

「安岡ってすごい人物がいるから、別れたことにしよう」

話は1983年（昭和58年）に飛ぶが、安岡正篤氏の死後、細木はすぐに堀尾とよりを戻している。もともと入籍していないうえに「安岡ってすごい人物がいるから、別れたことにしよう」というのが細木と堀尾の関係である。

この5年後にはマスコミに取材までさせている京都市右京区高雄《たかお》の細木御殿がある。敷地600坪、建坪150坪、総額30億円、家具だけでも8億円という超豪華なもの（108段の階段があるという）。現在の細木は、ここに週1度帰宅できればいいほうだという多忙ぶりである。

安岡の死後手に入れたこの自宅には、堀尾が住んでいた。というよりも、晩年ガンに冒《おか》されていた堀尾は、ほとんどこの京都の細木邸で過ごしていたという。細木御殿は実質、小金井一家の関西ならびに京都本部であった。棟上げ式には多くの関西系列のヤクザ関係者が招待され、堀尾も姿をみせている。堀尾の見舞いに訪れる関係者も多かった。

１９９２年（平成４年）、堀尾はガンの再発を繰り返し、ついに亡くなった。名門小金井一家も、堀尾の代で終わってしまったわけだ。

２００４年（平成16年）、何を思ったのか、突然細木は女性誌２誌で「忘恩《ぼうおん》の大物歌手よ！」という内容のインタビューに答えている。もちろんしかけたのは細木自身である。

「お千代は借金を返し終わったとたん、事務所を移籍してしまったのよ。わたしにはそれ以後なんの連絡もなく、それっきり今日に至っているんです。大恩人のC氏が亡くなったときも彼女は線香一本あげにきていない。これが真相よ。怒り？　怒りというよりむなしい思いが残ったわね……」（『女性セブン』）。

この記事は、同年12月28日の年末スペシャル番組『泣きなさい！　笑いなさい！　素晴らしき女の人生　借金１００億でも元気１００倍スペシャル』で島倉千代子が登場し、いままで封印していた人生を告白するという予定を受け、細木が前もって牽制《けんせい》したと考えられる。

結局島倉は、番組でも借金問題の本質には触れることなく、いまだ沈黙を守り続けている。彼女いわく「最終的には本当の真実はある。当時の日記はすべてつけている」ということだが、ではなぜ、島倉千代子ほどの大物演歌歌手がいまだにただのひと言も反論しないのか。全国の島倉ファンはもちろん、細木ファンも不思議に感じているはずだ。実際のところ、島倉はヤクザによる裏の報復行為を極端におそれているのだ。長年芸能界を生き抜き、また興行にかかわってきたベテラン歌手の島倉だからこそ、その酸いも甘いも理解している。そしてその恐怖も――。

結局、ヤクザの親分である堀尾に、〝畳に額をこすりつけさせた〟細木の強腕にはうならざるを得ない。

それにしても彼女の野心に翻弄《ほんろう》された島倉千代子、女性占い師、そして数カ月間のつき合いで逝去した安岡正篤氏――。彼らの人生の一部は、いったいなんだったのであろうか。

ヤクザを刑務所慰問。面接委員として全国をわたり歩く

第1次細木ブームから、細木がテレビから遠ざかって10年。現在は細木の第2次ブームといわれて久しい。そしてその人気と経済効果、視聴率女王の座は、移り変わりの激しい芸能界においても、まだまだ揺るがざるものがある。

細木は本を出版し、占い師として講演、鑑定、勉強会などにいそしみつつも、堀尾とのつながりで刑務所慰問に励《はげ》んでいた時期がある。すなわち篤志《とくし》の「面接委員」である。

刑務所はいったん入ると心身ともに厳しい場所である。現在は人権配慮などの観点から、多少なりとも改革されてきた部分もあるだろうが、どちらにしても〝おつとめ〟はつらいものと相場が決まっている。ヤクザの場合、自分が起こした事件、組同士の抗争、そして親分・兄貴分のかわりに罪を背負うなど、刑務所入りのケースはさまざまだ。彼らが一般社会と隔離された世界で、唯一

の楽しみにしているのが、〝面接委員〟の娯楽訪問なのである。

矯正局の矯正委員はもちろん公務員で、刑務所、少年院、婦人収監院などでは社会復帰のための教育、指導にあたる役どころなのだが、いかんせん体質が驚くほど古い。なにせ矯正局の法律設定基準は１９０７年（明治41年）で、それ以降一度も改定されていないというのだ。

〝面接委員〟というのは、法務省矯正局が定めた篤志の民間人である。専門的知識や豊富な経験を持つ人たちが、ボランティアで行うもの。牧師などの教誨師《きょうかいし》なども民間のボランティアである。

島倉の面倒をみていた安倍正明氏は、元日劇のダンサーだったが、刑務所慰問団のダンサーとしても活躍していた。この縁で歌手や政治家、大物ヤクザなどとも親交があり、そのオープンな家風も手伝って、島倉千代子や都はるみ、そして細木やその姉妹たちが自由に食事をしたり、泊まったりしていたわけだ。

慰問というのは、ヤクザ稼業の方にとっては非常に大切なもの。たとえば２００５年（平成17年）12月、部下の銃刀法違反で最高裁まで控訴し、使用者責任で収監された山口組6代目、司忍《つかさしのぶ》組長がいる。この司忍6代目というのは大変に筋のとおったヤクザという評判で、部下への厚情もかなりのものだという。

その6代目も前時代、青森の刑務所に1年ほど収監されたことがあった。ストイックな彼は身体を鍛えるのが趣味で、獄中でもせっせと腹筋の筋トレに励んでいたという。それにしても規則正しい、暇な刑務所暮らしである。仲間に会えず寂しいし、おまけに東北ともなれば、肌身にこたえる寒さである。

ここで重要なのが面接や面接委員、そして慰問団体なのだ。慰問はおもに演劇や歌手の舞台、ダンスショーなどだが、シャバの華やかな空気に触れる唯一の娯楽である。そのとき舞台に立った歌手や俳優がこういう。

「今回大阪からきました」

「名古屋から参らせていただきました」

これらのひと言で、収監されている者はすぐに理解する。

「組長が自分のためによこしてくれた……」

組が自分をいかに気づかってくれているか、そしてつらい獄中生活を耐え、出所したときは出世できるという、心のよすがとなるのだ。

司忍6代目の場合、組からの慰問がまったくない時期が約1年ほどあった。そのときばかりは武闘派でならした司忍も寂しげであったという。

そんな経験から、のちに山口組のトップに立った司忍6代目は、部下への厚情を決しておろそかにしない。組のために〝おつとめ〟にいった人間には慰問をかかさず、出所したあかつきには、莫大なごほうびを用意しておく。部下は彼を慕い、彼のために身を粉にして働くことを誓う。次第に、まわりには忠誠心あふれる人間が多数を占めるようになり、それが彼を山口組のトップに押し上げた底力だという。

すこし話が逸れてしまったが、組関係者にとって、いかに慰問や面接が大切かということは理解していただけたと思う。小金井一家の堀尾の妻である細木数子も、一時期は面接委員として刑務所を訪ね、組関係者に会いにいっていた。

山口組若頭・山本健一と細木の〝縁〟

細木が面接委員として動いたわかりやすいエピソードを御紹介しよう。

1982年（昭和57年）に処女作である占い本を1年間で70万部売りあげ、占い師としての活動をはじめた細木が、ふたたびマスコミに名前を登場させたのは1983年（昭和58年）安岡正篤との結婚騒動でのことだ。つまりこのあいだの数年間、細木が表舞台からその姿を遠ざけていた時期がある。この空白の時期、細木は赤坂で「マンハッタン」を経営しながら、もちろん堀尾の妻として過ごしていた。

1981年（昭和56年）に、山口組の3代目、田岡一雄が心不全で没した。

関西から全国組織へと拡大し、現在末端まで約6万人の組織にふくれあがった山口組だが、当時の田岡3代目は極道が博打だけで生計を立ててはいけないと、傘下に正業をもたせ、戦後神戸港の船内荷役業に進出していた。同時に力を入れたのが当時の芸能界の興行利権で、美空ひばりの興行などに関与していたとされている。

田岡3代目は、持病をおして、ひとりでも山口組を守ろうとする姿勢から、〝伝説の親分〟としていまだにカリスマ視されている人物。その右腕といえるのが、名古屋出身の山健組のトップ、故・山本健一であった。

山口組の最大組織は山健組といわれ、渡辺5代目もこの山健組の出身である。また、松田組との大阪戦争で、山本は自分の組員200人が犠牲になることも省みず、山口組の磐石《ばんじゃく》を守ったという大きな功績があった。

1981年（昭和56年）7月、長患いの末に田岡3代目は68歳で亡くなったが、これは山本健一が銃刀法違反により3年6カ月の服役中の出来事であった。

山本自身もすでに肝臓の持病があり、1979年（昭和54年）の5月に、大阪刑務所5区の医療部門の病舎に入れられていた。4畳ほどの個室で、鉄格子の視察窓が扉についていたという。

田岡3代目が没したあと、4代目として山口組を継承するのは当然この山本であり、1年後の1982年（昭和57年）8月の出所が待ち望まれる最中《さなか》であった。しかし、当時すでに山本の身体は病魔に冒され、入所のとき68キロあった体重は10キロ激減。胸囲も100センチから88センチに痩せ細っていた。食事療法がもっとも大切な肝硬変という病で、十分な治療がかなわない刑務所内では寿命を縮めているようなものである。ブドウ糖の点滴と塩分を控えた食事はつくってもらえたが、ほとんど寝たきりだったという。

年が明けた1982年（昭和57年）1月にはさらに体重が5キロ減少して、脱水症状と肝硬変の急速に悪化。腹水がたまり、腹のまわりだけ異様にふくれはじめた。この頃の山本は肝機能の低下が著しく、ほとんど末期状態といっていい状態であった。そして1月18日、山本は大阪医療刑務所に移された。

山本の病状は山口組にとっては大きな分岐点であり、かなりの話題になっていた。この頃、赤坂の「マンハッタン」に毎晩顔を出していた細木数子も、店に客として顔を出す組関係の人間と、山本についてこう話していた。

「山健の健ちゃんはいつもいろいろ気をつかってくれる人で、わたしの誕生日

には着物が似合うからって帯《おび》をプレゼントしてくれた。すごく高価な帯」（細木）

その縁もあってか、細木は山本が危篤《きとく》と騒がれる最中、大阪の刑務所をひとりで訪問している。

「何も話ができる状態じゃなくて、真っ暗な個室にただうずくまっているだけ。部屋の状態も悪いし、〝健ちゃん、健ちゃん〟と呼びかけても、〝ああ〟とか〝うー〟とかかすかな反応しかない。これじゃ病気の治療どころじゃなくて、ただ殺されるのを待ってるのといっしょだという感じ。わたしがなんとかしてくれと刑務官にかけあって交渉したわよ」（細木）。

しかし細木の面接委員としての直談判《じかだんぱん》もむなしく（本当に交渉したのかは定かではないが）、山本健一は、ついに表からの「出所」がかなわなかった。

極道の世界の「表出所」と「裏出所」。この言葉の差はあまりにも大きい。裏から刑務所が収監者を出すときは、間違いなく〝あと一週間ほどで死亡する状態〟と判断されたときだけに限定される。

山本は肝機能の急激な低下により、すでに点滴しか受けつけず、危篤状態のまま体調はほんのすこしも回復しなかった。大阪高等検察庁が刑停止を決定、秀子夫人にその旨が通知された。

25日には組の運転手がその話を聞いて仰天しながらも待機、27日には大阪刑務所から車で出て、まさにちょうど1週間後の2月4日、山本は享年56歳で亡くなったのである。神戸市灘区田岡邸には直系組の親分たちが集結して待機、山健組の組員は事務所に待機、そして山本健一の側で彼を見守ったのは、若頭である渡辺芳則（のちの山口組5代目）や桑田健吉（のちの山健組3代目）など、ごく内輪の側近の者たちだけだったという。

密葬であった山本健一の告別式には、細木数子も堀尾昌志の連れあいという立場で参加した。神戸市中央区花隈の山健組事務所前には、前日仮通夜が行われたあと、組員全員が棺《ひつぎ》に納められた山本の遺体を見送るために待機しており、山本を乗せた車は近隣の本寿寺へ向かった。

山口組559団体1万1800人の構成員は、先立った次期組長をしのびながらも、次の山口組後継者はだれになるのかと、マスコミを含めて取り沙汰されはじめた瞬間であった。そのとき全国の名だたる親分たち数名が、大阪の焼肉屋に集合し、いつでも本寿寺に弔問《ちょうもん》できる態勢で待っていたのだが、細木はロールスロイスの送迎車で、先にひとりで本寿寺へ向かったという。

細木が到着したときは、まさに山本健一の遺体が本寿寺前に到着した瞬間で、密葬のため身内の組員も数がまだ揃っておらず、山健組の組員数名と、他組の弔問客数名が棺を担ぎこんで本堂に設置するところであった。

そこで、細木がいの一番の弔問客として山本の棺の前に腰をおろし、じっと彼の姿を眺めて永遠の別れを告げる、という姿があったという。

使えるものはとことん使う！ 細木数子大殺界の本音とウソ

細木のテレビ出演遍歴について、もう一度おさらいしてみよう。

〝阪神の優勝〟を的中させ、ひんぱんにテレビに露出しはじめたのが１９８５年（昭和60年）頃、その3年後に松田聖子と郷ひろみの離婚が的中。その翌年から、細木ブームはさらに追い風が吹き、総計４００万部もの本が売れたのだ。阪神優勝についていては、細木は毎日放送でレギュラーの占いコーナーをもっていたが、番組内で6名の占い師が登場し、優勝チームを占うという企画があった。そこで阪神が優勝するといったのは細木ただひとりであったが、これは先述のとおり、恩師の女性占い師が「今年は阪神が優勝するわよ」といったのを、細木がそのままテレビで発言しただけである。

細木は週刊誌でも同様のことをいい続けたのだが、当時万年Ｂクラス、低迷状態が続く阪神が優勝することなどありえない話であった。だからこそ、それが的中したとき、細木の名前はマスコミに爆発的に広まっていったのだ。しかし、これこそ細木自身に「なんでこんなにあたるんだろう」といわしめた、女性占い師の実力としかいいようがない。また、信頼する彼女の占いだったからこそ、細木も思いきった〝予言〟ができたのであろう。

その後は関西ローカル局を中心に次々と番組出演をはたし、レギュラー番組も増えていく細木。ここで例の、はじめて会った有名人に「あんた、わたしのこと知ってるでしょう」「久しぶりね」などと話しかけ、自分のバックにある力を暗に示すという手法を駆使していた。

細木の六星占術によれば「人の運命は12年周期になっている。その12年のうち、3年間の冬の期間＝大殺界がある。この時期は努力や勉学にはいいが、表に出たり新しいことを起こしてはダメ」だそうで、頑《かたく》なにこの運命学の教えを守っている細木ファンの方も少なくないだろう。

1993年（平成5年）頃から、細木が10年間ほどマスコミの表舞台から遠ざかっていた時期がある。もちろんこの時期も、本の出版や占い事業は好調であったはずなのだが、本人いわく「大殺界のときにテレビに出たりすると、思わぬ不幸に見舞われたり、本人や身内に生命の危機すら生じるの」（細木）という理由があるらしい。

細木の占いによれば、当時は土星人である細木自身の殺界期間であったから、自粛の理由としては至極もっともなのだが、ではなぜ、２００５年（平成17年）からめぐってきた自らの殺界期間に、彼女はテレビに出演し続けるのだろうか。２００５年（平成17年）の初頭には「細木がテレビ降板をする」と水面下で話題になったものの、彼女はそれをきっぱり否定している。

「あんた、いまわたしのギャラは、ひと番組４００万円。最高水準なんだよ」

ギャラの多寡が厄払いになっているというのだろうか、よくわからないお答えだが、細木が例の口調でこうのたまえば「そんなものかな……」となんとなく納得してしまうのも無理はない。

しかし、以前の殺界期間に、細木のマスコミ露出がなりを潜めた理由は、殺界とは別のところにあった。

２０００年（平成12年）までに6回ほど選挙に出馬した、細木の実弟・細木久慶という人物がいる。いずれも落選し、結局政治家にはなれなかった久慶だが、自らを政治評論家と名乗り、１９９４年（平成6年）当時は千葉新聞社（といってもタウン誌である）の社長をしていた。

このとき久慶は町議を恐喝し、〝取材謝礼料〟として金銭を引っ張り、それが表沙汰になっている。久慶は恐喝容疑で逮捕、起訴されて執行猶予つきの有罪判決となった。

つまりこの時期の細木のテレビ出演自粛は、大殺界をカモフラージュにして弟の犯罪がらみのバッシングを避けるためだったのである。

「細木先生にかぎって、そんなことはない……」と思う善良な読者の方々、ではいま細木が自らの「六星占術」を裏切るように、これでもかというほどのテレビ出演を続けているのはなぜか、よーく考えてみてほしい。しょせん大殺界など、細木には関係のないことなのである。

もみ消せ！
知られちゃ困る細木の過去の顔

しかし2005年（平成17年）、細木にも冷やっとするハプニングがあった。

社会問題を次々と告発してきた反社会体制派の「鹿砦社《ろくさいしゃ》」という出版社がある。ちなみにここでは2005年（平成17年）7月12日、神戸地検特別刑事部により社長の松岡利康氏が逮捕される事件があった。周辺によると、この逮捕に関しては神戸地検が「すごいのをやる」と話していたという。「名誉毀損」での逮捕は、言論の自由を剥奪《はくだつ》する不当逮捕ではないかと、当時は各方面でかなりの物議を醸した。

この事件のすこし前、鹿砦社が発行する『紙の爆弾』という月刊誌で、細木数子の真の姿がシリーズで連載されるという事態が発生した。視聴率15～25パーセントを維持する「新・視聴率の女王」である細木も、これには痛い場所をつつかれるおそれがある。細木はテレビという公の舞台でのイメージの大切さを考えて、必死に奔走した。

細木がまず、なんとかもみ消しができないか声をかけたのが警視庁関係、そして次は住吉会のトップ五指のうちのひとりに泣きついた。

「過去のことが月刊誌で記事になる。どうにも止めようがないからなんとかしてください……」

そこで、仁義に厚いその親分はなんとか手を打ってくれた。もちろんこれにはもともと新宿という土地で長いつき合いがあり、故・堀尾昌志とも兄弟分が多いから……という前提があった。

結局、細木に関する連載記事はなくなったが、朝日新聞までが「言論の表現を弾圧する、名誉毀損での不当逮捕」と報道した松岡社長の逮捕に、どんな力学がはたらいたかまではつかめていない。

そのときの細木と組関係者のやりとりを紹介しよう。

「堀尾の姐さん、そんなに困っているんですか」

「ひええ、姐さんて呼ばないで。あたしはもう姐さんとは関係ない」

「でも細木さんは自分らにとっては姐さんじゃないですか」

「お願いやめて」

細木も人の子、いまの自分の立場が相当かわいいらしい。しかし〝使えるものはすべて使う〟という細木方式は、いまなお健在なようだ。

同じ時期の細木の発言をついでにひとつ。

「あんた、いまあたしはからっきし男っ気ないから、いくらまわりにかわいい男がいようが手ま○こよ」

お気に入りのタッキーこと滝沢秀明クンが聞いたら、卒倒《そっとう》しそうなセリフである。

その筋の方々には「つき合いはなかったことにして」

安岡正篤氏の死後、京都市右京区に総額30億円、600坪の豪邸を建て、本拠地を移した細木だが、その棟上げ式はたいそう立派なもので、組関係や安岡氏関係の財界各人に招待状が届いた。その棟上げ式やガンで静養する堀尾昌志への見舞いに、何度か京都の細木邸を訪れた関西ヤクザ組織直系の人物が多々存在する。

総ひのき門が7000万円、岩風呂、サウナ、サンルームもつき、一階には細木の勉強部屋がある。寝室は豪奢なイタリア製のダブルベッドが置かれ、ダイニングキッチンのテーブルは数百万、ダイニングルームから居間をのぞむと、天井はステンドグラス張りになっているという。

また、応接室には最高級の黒檀《こくたん》の仏壇が奉られている。自宅の中心に据えられているそれは、故・安岡正篤氏の仏壇である。

「えらい立派な仏壇ですな」

「ああ、それはアンタ方が手をあわせて参らなくていいですから。これは日本でも本当に尊い人で、安岡先生という人です」（細木）

「いやちょっとくらい合掌しますわ」

「いいから、いいから拝《おが》まんといて。あんたたちは足もとにもおよばない人ですから」（細木）

いくらなんでも失礼極まりない態度である。細木のこういった態度に、訪問客たちはみんな次第にあきれはてたという。「人間学」を極めた安岡御大がいくら上流階級の出身とはいえ、ここまでの傍若無人《ぼうじゃくぶじん》ぶりは許されるものではない。

その後、細木は関西ヤクザ関係者に自ら、電話を多数入れている。

「今後はわたしとのつき合いはなかったことにして」

「いや姐さん、長いつき合いでそれはあんまりでんがな」

「そちらからの連絡は受けつけないし、京都のうちにも訪ねてこないで」

「いや、そんなこといわはりましてもなぁ……」

ガチャン！　電話は切られて一方的な通達である。


「浮気するのは男の運命。男に浮気するなってのが無理なの」

「子どもには我慢じゃなく辛抱させること」

「(わたしの占いを) 十人が十人受け入れたら気持ちが悪い。受け入れられない人がいていい。だけど地獄へいくわよ」

「人をいい負かしてやろうという魂胆があると、いばりちらして謙虚さが全然足りなくなるからだめ」

「足が臭くなる理由は目上の人を足蹴にするから」

……など、現在でも細木の発言は視聴者には賛否《さんぴ》両論。そのいくつかは暴言以外の何物でもなく、聞いているだけで胸が悪くなる。

細木のこうした説教は、戦前の日本人にはあたりまえの心根を説いているだけだなどの意見もある。しかし、いずれにせよ細木がその半生でしてきたことへの証言を集めれば集めるほど、テレビ番組でこれらの発言を聞くたびに、あきれはててしまうのもいたしかたあるまい。

安部譲二も出身？ 渋谷のカリスマ・安藤組

父親の店の用心棒をしていた縁から、姉は安藤組の幹部と結婚、弟は組入り、細木自身ものちに小金井一家の堀尾昌志と出会い、現在の占い師・細木数子が誕生した——そんなルーツをたどっていくと、細木と安藤組との縁を無視するわけにはいにない。ここでは、安藤組について、すこし説明をしておこう。

無頼派、アウトロー、男の美学……。これらの言葉にあこがれる男性ならば、年齢に関係なく「安藤組」の名前を一度は耳にしたことがあるにちがいない。

元安藤組組長であり、映画俳優でもあった安藤昇（１９２６年［大正15年］東京都生まれ）は、法政大学中退後、１９５２年（昭和27年）に渋谷で安藤組を結成。特攻隊で死ねなかった戦後の生き残り、大卒のインテリたちが、一度は捨てた命とばかりに無法地帯に愚連隊として君臨しはじめる。

安藤組の構成員はネクタイに背広という粋な姿、来る者拒まず去る者追わずで最大時には５３０名の大組織へとふくれ上がった。約12年間、安藤昇の入獄期間６年間を差し引けば実質６年間、鮮烈な記憶とともに戦後の渋谷界隈《かいわい》を席巻《せっけん》し、疾風《しっぷう》のごとく駆け抜けた軍団であった。

その面子《めんつ》も強豪《きょうごう》かつ華やかである。

「孤高の最強ヤクザ」といわれ、渋谷で彼をおそれぬ者はなかったという伝説の幹部である花形敬。その花形敬ものちに敵対する関連組織の報復を受け死亡している。國學院大學出身の西原健吾などもその名を馳せていた。

そして『塀の中の懲りない面々』が大ヒット、一躍《いちやく》有名作家の仲間入りをした安部譲二も、安藤組の出身である。

しかしこれはいわくつき。安部譲二は作家デビュー後、安藤組への憧憬と箔《はく》づけのために「安藤組出身」を名乗っていたのだが、ここで引退していた安藤昇に呼び出された。安部譲二は若い頃、安藤組への出入りはあったものの、出身と名乗るほどではなかったという。ここで安藤昇と手打ちになり、「じゃあ今後はうちの名前を出していい」というお墨つきをいただいたというわけだ。それほど安藤組の名は全国に響きわたり、無頼派《ぶらい》の若者たちの憧れであった。

横井英樹襲撃事件で、安藤組の名は全国区に

また、安藤組を語るうえで欠かせないのが、蝶ネクタイがシンボリックな乗

っ取り屋、横井英樹襲撃事件であろう。

当時、繊維関係の商売で莫大な資産を得た青年実業家の横井英樹は、白木屋デパートや大火災に襲われた「ホテル・ニュージャパン」など、資金繰りに困った企業を次々に買収。その手法は、いまでいう外資の禿タカファンドやかのライブドア並みであったという。

1958年（昭和33年）、安藤昇はその横井のもとへ、蜂須賀元公爵家の2000万円の借金取り立て代理人として訪問した。ところが横井は安藤をチンピラ扱いして侮辱。激怒した安藤は数名の腹心に命じ、銀座のビルにいた横井を襲撃させたのだ。

ピストルで打ち込まれた弾はわずかに心臓をそれ、横井は一命をとりとめたが、この事件は連日マスコミによって報道され、安藤の名前は一気に全国区となった。

このとき、安藤が横井襲撃を命じた腹心のひとりが、細木数子の姉の夫である故・志賀日出也（事件当時31歳）であった。

1カ月あまりの逃亡の末、安藤昇は逮捕され、懲役8年の刑がいいわたされる。その服役中に安藤組の両輪である花形敬、西原健吾が報復措置で殺された。これを聞いた安藤は、獄中で組織解散を決意した。

余談ではあるが、筆者は花形敬を殺害した人物と、都内で隣席となった経験がある。当時は韓国系列の愚連隊組織と、その兄弟杯の地方組織が交互に花形をねらうという、まさに執念の首とり合戦だったという。長い日本刀をしのばせて、花形襲撃のために渋谷をうろついた人間もひとりやふたりではなかった。しかし、いまも名を残しているのは花形敬で、花形の首をとった男のほうは、そうした武勇伝も伝播していない。地獄の戦いを生き抜いた男が、楽しそうにカラオケに興じていた。時の流れを感じた場面であった。

のちに仮出所した安藤は組を解散。映画俳優として再出発するが、その経歴と知名度のおかげか、デビュー作「血の掟」は大ヒットとなった。

現在の安藤昇は映画のプロデュースなどもこなしているが、彼に関する有名な言葉が「男の顔は履歴書である」というもの。評論家大宅荘一が安藤昇に贈った言葉で、映画のタイトルにも使われた。まさに紫玉の名言である。

細木数子も姉の縁戚関係から、安藤組の鮮烈《せんれつ》な武闘ぶりをまのあたりにしながら、渋谷のど真ん中で育った女である。あの男勝《まさ》りの気丈さと肝のすわり具合は、並たいていのものでないことだけはたしかであろう。

第5章

The scandal of Kazuko Hosoki.

実弟・久慶をめぐるカズカズの黒い噂

2006年1月、「細木数子の弟、逮捕！」。
安藤組構成員で、6度選挙に出馬するも全敗、
いまも恐喝、詐欺を繰り返す
細木数子の実弟・久慶は、
姉に勝るとも劣らぬ「お騒がせ男」であった。

「細木数子の弟が詐欺容疑で逮捕!」のニュース飛び込む

本書を執筆中の2006年(平成18年)1月、なんと「細木数子の弟が詐欺容疑で逮捕される」というニュースが飛び込んできた。

この逮捕された細木の弟というのは、前にも何度か名前をあげた「細木久慶」である。報道によれば久慶は、融資制度を悪用して茨城県水戸市内の信用金庫から金をだまし取ることを計画。休眠状態にあった共犯者の建築会社を使い、売り上げ高を水増しした決算書を提出して、約3000万円を口座に振り込ませるという詐欺容疑で茨城県警により1月27日に逮捕された。

今回の逮捕は、共犯者の口から久慶の名前があがったため。日立警察署の組織対策課(俗にいう暴対4課)の取り調べで、久慶は20日間の最長拘留期間を経て送検されたが、2月16日付で「犯行への関与の程度が低かった」とされ釈放、不起訴処分となっている。この事件を新聞は事実報道したが、当然細木数子の息がかかったテレビでの報道は控えられた。

本章では、この話題性に欠かない細木の弟・久慶のこれまでの行状について、紹介していこう。

8人兄弟の4女として生まれた細木だが、男の兄弟たちは(これほどまでにのし上がってきた細木と比較すれば)、〝不出来ぞろい〟といえるかもしれない。

実際、兄のひとりはヒロポンという麻薬中毒で、暴力団の構成員からさえも排除されている。細木はこの兄について、講演会などで次のように語る。

「わたしの兄はヒロポン中毒で、どうにもならない男でした。大の巨人ファンで、巨人が負けるたび、物を投げてはテレビを壊していました。

その兄が立ち直ったのです。〝巨人の優勝はない〟というわたしの予言がずばり的中したものだから、気味が悪くなったといいます。いまはヤクザの世界から足を洗って、毎日ご先祖さまに手をあわせる生活をしています」

これは細木のお得意の話のひとつ。どうしようもなかった兄が、自分の占いによって暴力団という最悪の環境から足を洗うことができた。そして細木の「自分のご先祖さまを敬《うやま》え」という論法に直結されているのだからすごい。身内でも、使えるものはとことん潔く使いきる。

しかし、そんな鬼の細木も、ひとつ違いの弟である久慶だけには甘かった。母親の違う8人兄弟という環境で育った細木だが、兄弟のなかでも同腹の久慶とは特に仲がよかったのだろう。20歳で銀座の「かずさ」のママとなったときにも、久慶をマスター兼マネージャーとして経営に参加させている。

さて、6度選挙に打って出たものの、一度も当選がかなわなかった久慶の出馬履歴を、ここに記しておこう。

◎1976年（昭和51年）東京4区から新自由クラブの推薦で、いきなり衆院選に出馬（細木は恋愛がらみの詐欺で10億円の負債返済中）。次点で落選。

◎1983年（昭和58年）新自由クラブから脱退。杉並区長選出馬（細木は占い師としてのデビューをはたし、安岡氏と再婚騒動中)。落選。
◎1986年(昭和61年)千葉4区から衆院選出馬。落選。
◎1987年(昭和62年)杉並区都議補欠選挙出馬を予定したものの、突然断念して関係者各位に手紙を出す。このとき久慶はポスター3万枚、パンフレットを20万部を用意していた(細木は前年、阪神の優勝を的中させた時期)。
◎1990年(平成2年)衆院選にスポーツ平和党の公認で出馬。トップ当選はかすや茂。次点は石原伸晃《のぶてる》(石原慎太郎の息子)。落選。
◎2000年(平成12年)前回と同じくスポーツ平和党の公認で衆院選出馬。落選。

と、なんのために莫大な金銭を使って選挙に出馬したのか、理解できない結果となってしまったが、その選挙資金や応援に、姉である細木の力があったことはいうまでもない。

結局政治家への夢ははたせず、60代半ばとなってしまった久慶だが、以降は「政治評論家」という肩書を名のり、ゴルフコンペなどに参加して大いに楽しんでいたようだ。

「六星占術で有名な細木数子の弟です」

久慶はこのことを広言してはばからない。いや、むしろ武器として自分の看板に利用していたといえよう。「使えるものは使う」という、姉の細木数子の背中を見てきた弟ならではの人生哲学だったのかもしれない。

恐喝と詐欺を繰り返し、さすがの細木も絶縁宣言？

久慶は今回の信用金庫の詐欺事件以外でも、これまでに何度か法に触れ、警察のお世話になっている。そのお騒がせの久慶が引き起こし、表に出てしまった大きな3つの事件を振り返ってみよう。

●…千葉の町議を恐喝

1994年(平成6年)、細木久慶は千葉県で千葉新聞社の社長をしていた。ある日、千葉県小見川《おみがわ》町町議会会長のS氏のもとに、政治経済事件を中心に千葉新聞社が月2回発行するタウン誌「週刊千葉」の記事が、突然ファックスで送られてきた。その内容は「S氏が福島県内のゴルフ場がらみで、暴利を得ている」というもの。驚いたS氏は、久慶と千葉市内の料亭で会う。すると久慶は「このあいだのゲラ見たでしょう。来月議長選があるけど、もう一期議長やりたいでしょう」と、取材経費として200万円を請求。悪評のひとり歩きをおそれたS氏は一度は要求をのんだが、「振り込みは足がつくからダメ」などという久慶のいいぐさに不穏なものを感じる。

案の定、ふたたび久慶から「社員の給料を支払えない」などの理由で100万円単位の金銭要求があり、S氏は我慢ならずに警察に駆け込んだ。この訴えにより千葉県警は久慶を逮捕、執行猶予つきの有罪判決が確定した。細木はこのとき、弁護士費用と示談金で7000万円をつぎ込んだといわれているが……。

●…パソコン販売会社「ＪＢＡ」でマルチまがい商法

次は新宿に舞台を移して、いわゆる「マルチまがい商法」である。

２０００年（平成12年）、久慶はＪＢＡ（ジャパン・バリアフリー・アソシエイション）という団体の代表取締役となる。これはマルチまがいのパソコン販売会社で、その概要は次のとおり。

◎個人５５４２人、法人５３５団体が登録。

◎１万９９９９円を支払い、会員登録する。20日以内に２人以上を入会させると、６万円相当の台湾製パソコンを無料で貸与。

◎紹介者が増えればボーナスが入り、支部開設。30万円で法人会員となり、会員には投資額に応じてポイントが与えられ、ポイントを集めれば食品や羽毛布団などがもらえるという特典がつく。

と、聞けば聞くほどうさんくさい会社だが、久慶はパソコン研修会の指導にも参加し、集めた金は2億５０００万円にものぼった。

結局、福岡県の自営業者に債務不履行《りこう》で訴えられ、詐欺まがいの事業が発覚。

新宿の事務所は閉められ、1審で原告側の勝訴、2審（2001年［平成13年］）で控訴審係争中だが、久慶は次のように弁明する。

「わたしはJBA活動については何も知らない。知人のMさんに経営権を譲渡している。代表取締役でありながら、事業内容はまったく知らなかったということです。研修会に関しては、1回5万円の報酬で講演をした事実はあるのだが、細木数子の弟だとか、代議士だとは一度もいっていない」

しかし、被害者側からは「細木数子の名前が出た」「代議士経験者だといっていた」との反論が多く、明確な真偽は不明であるが、久慶が〝細木数子ブランド〟を利用していたのは事実のようだ。

この事件が世間に発覚したのはごく最近の2004年（平成16年）のことだが、1年後の2005年（平成17年）5月、またもや久慶は「やまびこ会」なるマルチまがい商法の広告塔になっているのだから、もはや確信的常習犯であろう。というよりも、詐欺すれすれのマルチのプロとでもいおうか。

●…霊芝商法と焼却炉投資で20億円集めた「やまびこ会」

やまびこ会のセミナー会場にて、いつも最初に挨拶するのは細木久慶である。久慶が「六星占術で有名な細木数子の弟です。わたしは衆議院議員を5期務め、田中角栄先生からもかわいがられておりました」などというと、会場のほとんどの人間は驚く。そこで久慶はぬかりなく、セミナー参加者と丁寧に名刺交換などをはじめる。

NPO法人として設立された「やまびこ会」は、聴覚障害者への福祉・教育・生活への情報を提供するという名目の定款《ていかん》で、名誉総裁に旧皇族の梨本徳《のり》彦《ひこ》氏をすえて信憑性《しんぴょうせい》に力を入れた。やまびこ会の代表はM氏。M氏はさきのJBAというパソコン販売でも代表を務めていた人物だが、この2年ほど前に破《は》綻《たん》してからはすぐさま業種を転向、民間療法の「霊芝《れいし》」を販売しはじめた。霊芝はキノコの一種で、そのエキスがガンなどに効くという民間療法。この変わり身の早さには舌を巻いてしまう。

「やまびこ会」の概要は次のとおり。

▨霊芝1セット6菌を27万円で販売。これを栽培することで、半年で約5キロの収穫ができるから、その後62万5０００円で買い取るとして人を集める（ビニールハウスで大量栽培をはじめた会員もいたが、結局、やまびこ会はこれを買い取ることなく事務所を閉鎖）。

▨霊芝商法と前後する２００4年（平成16年）2月には「ダイオキシンが発生しない焼却炉で発電するシステム」を考案したとし、中国や米軍が非常にほしがっているから投資すれば絶対に儲かるとの触れ込みで、出資者を募《つの》る。

これらのインチキ商法でやまびこ会が集めた金額は、焼却炉投資で１２００人から10億円、霊芝商法で10億円の合計20億円。まもなく出資金返還訴訟を起こす会員が相次ぎ、やまびこ会は閉鎖となった。

ここでも久慶は、「わたしは関係ない。頼まれたから講演しただけ」と繰り返す。しかし「細木数子」の看板にひかれてついお金を出してしまった会員も少なくはないはずだ。

さすがの細木もこの騒動を機に、久慶とは絶縁宣言をしている。

「弟（久慶）とは8年前に絶縁しました。身内として刑事告訴をしてけじめをつけます。わたしたち兄弟が弟のために使ったお金は億単位で、弟がわたしの名前を利用して詐欺をはたらいたのはこれがはじめてではありません。わたしの名前を出して金銭を借りまくっていたのです。わたしのところに返金請求がいくつもきています。弟は甘やかされて育ったので、お金に汚い人間になりました」

そして「占い師なのに未来は予測できなかったのですか？」との問いには、「久慶はお金をざくざく集めるけど、いずれは不吉な結果となると、ある程度予測していましたけどね」（2004年［平成16年］『FRIDAY』）

プロ野球や政治、芸能人の結婚や離婚まで大胆に占う細木数子も、弟が選挙で6度も落選し、いずれは詐欺を繰り返すようになるということまでは予測できなかったようだ。この事件以降、毎月細木が久慶に支払っていた顧問料50万円も、いっさいあげなくなったという話だが……。

久慶がヤクザ者だとバレたらまずい、と出馬を断念させる

さて、細木が自分名義の会社から、月々50万円の顧問料をずっと久慶に支払い続けていた、という行為に焦点をあててみたい。するとおのずから、ひとつの謎にぶつかるのである。

話は戻るが、1987年（昭和62年）、久慶は杉並区の都議補欠選出馬を突然撤回している。ポスター3万枚を刷り、パンフレット20万部を注文して、選挙事務所めいた場所も用意し、応援者もそれなりの人数が動員されている時期である。すなわち、かなりの選挙資金がすでに消費された時期にもかかわらず、突然出馬を断念したのである。

以前に細木が「大殺界だから」という理由で突然テレビ界から姿を消したことがあったが、これは当時の久慶から出かねないスキャンダルをおそれてのことだった。今回の久慶の場合も「大殺界」が表向きの理由である。久慶自身

「自分を含め保守3人が乱立する状況だが、データによれば自分が当然ながら当選確実である。しかし、（姉の占いによれば）いまはもっと勉強すべき時期であり、よりよい政治家になるためにあと3～4年待つ」と述べている。

しかし、じっと3年間待ち続けたものの、久慶はこのあとの選挙でも当選することはなかった。結局、政治家を断念して詐欺師まがいの道をたどることになるのだから、細木の「大殺界のときの辛抱」というのは、そもそもあてにならないといえよう。実の話、この出馬断念は、久慶が「安藤組」に出入りしていたことがおもな原因である。

当初は弟の出馬を心から応援していた細木だが、ちょうどこの時期に出版した本が馬鹿売れ。故・安岡正篤氏の名前をバックグラウンドに、本のパッケージも豪華版にあつらえ、「阪神優勝」の的中発言などによって、テレビなどメディアへの露出がどんどん増えていた。のぼり調子の細木は、〝イメージ〟の大切さをよく知っていた。この大事な時期に、痛い腹（自分も含め、久慶がヤクザ者だったというスキャンダル）を探られることを極端におそれたのである。

当時の細木と近しい人物の証言によれば、「ここで細木の弟が出馬などの派手なことをすれば、遅かれ早かれ黒い過去がバレてしまう。細木は〝久慶が出馬を断念してくれなければ、自分がいっさいテレビから姿を消す以外にない〟とまでいいきった」という。姉からの強い要求を、久慶はのんだ。姉の立身出世のために、自分の道を一時期断念して身を潜めるかたちとなったのだ。

結局出馬断念の理由は、細木お得意の「大殺界中は表に出てはいけない。新たなことをはじめてはいけない。でなければ自分どころか家族や身内に不幸が起こる」という恐怖説法にすり替えられたのである。

〝何をやってもダメ〟という大殺界の冬の時期3年間を経て、またもや久慶が衆院選に出馬したのは、2000年（平成12年）のことである。細木は3年間辛抱した久慶へのお礼の意味も込めて、月々の生活資金50万円を、顧問料の名目で支払い続けたのである。もちろんこの時期、久慶が細木の会社の顧問や事務所の手伝いなどをしていたわけではない。

拳銃をぶっ放して
スポーツ平和党をぶっつぶした細木久慶

2000年(平成12年)、なぜかスポーツ平和党の公認で、衆院選に出馬した細木久慶。結果は前述のとおり、またまた落選である。

久慶はここにきて、なぜスポーツ平和党から出馬となったのか。ここでかんたんに、「スポーツ平和党」という政党を説明しよう。

スポーツ平和党は〝スポーツを通じて世界平和を〟とのうたい文句で、1989年(平成元年)にプロレスラーのアントニオ猪木が参議院比例代表選でトップ当選して発足。マスコミの話題をさらった。

その後の1992年(平成4年)には、元プロ野球選手の江本孟紀が出馬して当選。江本と猪木のふたりがタッグを組むという、いま考えればものすごいインパクトのある政治団体であった。猪木の熱狂的なファンたちは応援を惜しまなかったが、1995年（平成7年）には猪木が落選し、兄の猪木快守が2代目党首を継承したものの、現在では政党としては解散、存在していない。スポーツ平和党が現在も存続していれば、知能派のヤクルト・古田あたりが誘われていそうだ。

さて、新興政党であるこの政党の公認で、細木久慶が出馬したのはなぜか。理由はかんたんである。

プロレスをはじめとする格闘技などの韓国団体と通じている猪木は、当然安藤組ともつながりがあった。またその昔、細木姉弟の父、細木之伴が猪木の面倒をみていた関係で、昔から身内づき合いがあったのである。

ちなみに、細木はこの関係性を後ろめたく思っているのであろう。あるテレビ番組で猪木と共演したときには、いつもと反対に「はじめまして」と初対面を装ったのである。

また、スポーツ平和党の後援者幹部にも、その筋の格闘技団体に通じる辣腕者がいた。細木久慶はそのつてで、スポーツ平和党に拾われたのである。選挙には落選したものの、久慶はその後、スポーツ平和党の事務局長に収まった。

ところがスポーツ平和党の後援者幹部が、フランスから拳銃108丁を密輸入していた事件が発覚してしまう。そのきっかけとなった張本人は、またもやお騒がせの久慶である。

ある日、久慶は知人とともに某海岸沿いで、海に向かって拳銃撃ちの練習をしていたというのである。しかも、よりによって実弾である。まるでハワイやグアムで日本人観光客がよくやるシューティングのノリだが、間合い悪く（というか当然というか）釣りにきていた人に目撃されてしまった。

波も荒く、めったに人もこないであろうとタカをくくっていたのが運のつき。目撃者は何事かと即座に警察に通報。現行犯で逮捕されそうになったが、命からがら逃げ出した。しかし、しっかり顔を見られていたことなどからスポーツ平和党には警察の捜査が入り、銃刀法違反と銃刀密輸入で、拳銃を密輸入した人物は逮捕、数年間の刑務所暮らしを余儀なくされた。

そこで久慶は姿を消し、逃げに逃げた。政治家の秘書が罪をなすりつけられて逮捕されるケースは多いが、事件が起これはだれかが詰め腹を切らされ、責任を負わなければならないのが社会の掟《おきて》である。現場で目撃されたスポーツ平和党の事務局長である久慶は、本来ならばなんらかの責任をとらなければならない立場なのだが、彼はとっととひとりで逃亡している。

こうして〝スポーツを通じて世界平和を〟という理念で発足したさわやかなイメージのスポーツ平和党は、どう見てもさわやかではない細木久慶のおかげであっさりと解散になった。

いまもってスポーツ平和党解散の本当の理由を知る者は少ない。

有名俳優もダマされた巨大詐欺事件とは？

2005年（平成17年）8月1日、横浜某所でとある事件に関する記者会見が行われた。会見を行ったのは俳優の渡辺裕之（当時49歳・妻は女優の原日出子）である。

渡辺裕之は前日に自己破産した投資コンサルタント会社「ジェスティオン・プリヴェ・ジャポン」に、個人では1億2000万円、自分が社長である事務所から800万円の投資を行ったものの、470万ずつの合計940万しか回収できなかったという。俳優である自分でさえも、投資詐欺の被害者であったという会見内容であった。

「自分がバカだった。システムの素晴らしさから、全面的に信用していた」と渡辺はうなだれた。

この「ジェスティオン・プリヴェ・ジャポン」は、3年前の2002年（平成14年）に大阪府西区で「ジェー・ピー・ビー西日本」として設立された。当時も関西を中心に為替投資の高配当をうたって投資家からの出資を募っていたが、2005年（平成17年）1月に東京・丸の内に社名を変えて移転した。

同社のうたい文句は、ドル売り円買い、ドル売りユーロ買いの運用方法を駆使することで、短期収益元本の27パーセントを確保、中期的には投資金額の50

パーセントを配当するというもの。つまり、おそろしく高配当の資産運用コンサルティングである。

現在全国に被害者は1600人以上、概算で340億円の金を集め、うち200億円が使途不明になっている。被害者たちは2005年(平成17年)11月にも管財人を中心に集会を開いている。

セレブ資産運用コンサルティング会社に加担?

渡辺裕之もこれら被害者のひとりだったというわけだが、実はこの「ジェスティオン・プリヴェ・ジャポン」の幹部に、細木久慶がからんでいるとの噂があり、水面下で捜査が進行中である。

渡辺が同社の秦右時社長を知人から紹介されたのが2004年(平成16年)7月。その「システムの素晴らしさと実績に」渡辺もすっかり信用して投資をはじめた。ちなみに同社の紹介ビデオのBGMは、サザンオールスターズの『希望の轍《わだち》』だったというから、そんなところもミーハーっぽく、うさんくささがうかがえる。

渡辺裕之は、2005年（平成17年）2月に同社企画の「カリブ海クルーズツアー」に司会進行として参加していることから、一部週刊誌では「広告塔だったのでは？」という疑惑報道もされたが、渡辺は「それは仕事のひとつとして受けたもので、ギャラは2週間で800万円を支払ってもらった。自分も被害者であり、決して広告塔のつもりはない」と否定している。

しかし同年6月頃から渡辺含め各投資家への配当がゆき届かなくなり、渡辺自身も秦社長への連絡がまったくとれなくなる。同時に7月頭には投資家のほとんどが同社と音信不通状態となった。同社は弁護士をとおして7月10日に準自己破産を申し立て、正式に破産。現在秦社長の所在は不明である。

被害者の会も結成されているものの、投資は自己責任の様相も強いため、今後この事件がどのような決着をつけるのかはいまのところわからないが、報道に関しては尻すぼみ傾向である。

この詐欺まがいの投資会社については、東京の所轄警察署の担当が追っていたが、現在捜査の舞台は最初に会社が設立された大阪府警にほぼ移っているという。つまりは秦社長をはじめとする会社幹部数名が、不明金の200億円を分割して逃亡中というわけだが、その捜査に細木久慶の名前が浮上しているのである。


細木数子事務所は、やまびこ会事件以降「何もお答えできない」とノーコメントを繰り返している。いまの自分はまったく関与していないと、きっぱりとした絶縁姿勢をとっているが、茨城の信用金庫詐欺事件報道などでは、さすがの細木も肝を冷やしたに違いない。ちなみに今回の逮捕で、久慶は「自称画家」などと報道されているのがなんとも笑えるではないか。

久慶に最近接触した人物に話を聞いても「細木数子の弟で、選挙に何度か落選した人だろう」という程度の認識しかない。久慶が稀代の詐欺師であるということはほとんど知られていないのが、実は怖いところなのだ。

暴力団出身で、政治家への夢をはたせなかった男が、いまでは詐欺行為で金を稼いでいるというのが、久慶の真実の姿である。

「わたしは田中角栄にかわいがられ」といったん自己紹介し、「そして占い師・細木数子の弟です」と自分への信憑性を高める。いまや日本で細木数子を知らない者はいない。姉の知名度を利用して、今後も久慶は詐欺すれすれの商売を繰り返していくのだろうか。そして久慶の人生は、日本で一番有名な占い師、細木数子をもってしても占えなかったことなのであろうか――。

終章

細木数子流
お金のダマしとりかた

The scandal of Kazuko Hosoki.

「先祖供養が足りないから不幸が起こる！」。

だから、「借金してでも墓を買え！」。

墓石業者とタイアップして儲けまくった細木数子。

こんな女が編み出したという「六星占術」が
あたらないのはあたりまえである。

「借金してでも墓を買え！」墓石商法で儲けまくる

2004年（平成16年）、細木数子は関西テレビの人気番組『怪傑！えみちゃんねる』の準レギュラーを降板した。すでに全国区で15パーセントから25パーセントをピンでたたき出す「新・視聴率女王」となっていた細木だから、安いギャラで、しかも関西ローカルの番組に出演する必要性がなくなったともいえるのだが、降板理由の大きな原因として「京都の墓石業者との癒着」がささやかれた。

「付き人やマネージャーと称して、墓石業者がテレビ局にやってくる。なんでそんな人たちを連れてくるのか？」と当時のテレビ局関係者も不審がる。

この頃は、細木の出演する番組がことごとく視聴率を伸ばしていった時期でもある。しかし同年、日本テレビの毎年夏の恒例番組『24時間テレビ』では細木の出演をみあわせた。出演者候補として名前はあがっていたが、考査の段階で起用しないことに決めたというエピソードも伝わっている。

チャリティーとボランティアをうたう『24時間テレビ』に、墓石販売をめぐるトラブルを抱える細木数子は番組の主旨にそわないだろう……という判断がくだされたのだろうか。いいかえれば、その頃の細木はまだ墓石業者とのかかわりがあった——ということになる。

1983年（昭和58年）、再婚相手とされる安岡氏が亡くなった直後くらいから、細木の占いでは、悪いことが起こるという「大殺界」とは別に、〝先祖供養〟をうたうようになっていた。

この年から細木は、仏壇屋「翠雲堂《すいうん》」を人に紹介するようになる。また、墓相学にくわしいという「久保田茂多呂」なる人物が京都で「久保田家石材商店」を営んでおり、現在では「亘徳《こうとく》」と名前を変えて墓石を販売している。

当時の細木の占い本の巻末には、必ず細木の事務所の連絡先が付記されていた。これには本の売り上げに比例して絶大な宣伝効果があるのだが、この事務所および連絡先というのが「久保田家石材商店」の事務所と同一なのである。

この件に関して、細木は紹介料金などのバックマージンをもらうことはないと主張するが、事務所を使わせてもらい、全国をまわる後援会や勉強会には久保田の社員が付き人のようなかたちで随行し、すべての世話をしてくれる。人件費ゼロで、人手を使いたい放題にできるのはかなりおいしい。

また細木は「翠雲堂」とも同じようなやりかたで、共存共益をはかってきた。両企業とも、細木数子とのつながりは肯定している。久保田の社長自身は「細木先生を通じてやってくる客で年商10億円の売り上げがある」（『週刊文春』1990年［平成2年］8月合併号）とのたまっている。

まずは細木数子勉強会に参加し（参加費用1万円）、個人鑑定を受ける（家系図持参、30分10万円）。そしてそののちに墓石販売がはじまるというわけだ。「借金をしてでも先祖供養をしなさい」といわれ、占いがあたらなければ「先祖供養が足りないからだ」といわれる。最終的にかかる費用は数百万から数千万円だという。

墓石販売にまつわる細木の活動については、クレームがあとを絶たなかった。しかし1993年（平成5年）、こういった細木商法を裁判で訴えた主婦がいた。訴状によれば、55歳の主婦が、当初は東京にある細木の事務所で個人鑑定を受け、「娘の海外留学について」占ってもらった。そこで細木はこう答えた。

「この娘は23歳で必ず自殺する因縁をもっています。その因縁を断ちきるには、五輪の塔の墓を建てなさい」

この主婦は細木から久保田家石材商店の紹介してもらったものの、その高額さから夫の許可が出ず、墓を購入することができなかった。

数年後の1988年（昭和63年）、彼女の夫はガンで亡くなり、娘は無事ヨーロッパ留学をはたした。ここで彼女は新聞広告で見つけた細木数子の勉強会に参加する。このときの参加者は300人強。

1990年（平成2年）、主婦は戸籍謄本、家系図、仏壇と墓の写真を持参して、ふたたび細木の個人鑑定（20万円）を受ける。そこで夫が亡くなったこと

を伝えると、

「ほら見なさい。あんたはバカだ。わたしのいうとおりにしていれば、ダンナは死ななかった。（墓の写真を見て）こんなの墓じゃない。このままじゃ不幸がどんどん起きる」

借金してでも墓を買わないとダメだという細木の言葉どおり、この主婦は自宅の土地を担保にして借金し、すすめられた墓石を購入した。久保田家石材商店には墓石代金900万円と永代使用料100万円という、合計1000万円以上の支払いをした。

後日、この主婦が複数の墓石業者に新しい墓を見てもらったところ、200万程度の価値という結果が出た。彼女はこれを裁判で詐欺被害として訴えたのだが、結局訴えから3年後には提訴を取り下げている。

のぼりつめたいまでは、墓石業者も切り捨てる

子どもの非行、亭主の浮気、老後不安……。すべては先祖供養の至らなさのためと断言する細木。その著書を見ても『運命を開く先祖のまつり方』（世界文化社）、『幸せになるための先祖の祀り方』（KKベストセラーズ）、『幸せになるためのお墓の建て方・仏壇の祀り方』（KKベストセラーズ）など、本来の占いとはかけ離れたものが目白押しである。これも六星占術の一種であるといわれてしまえばそれまでなのだが……。

同時期に京都の細木邸を訪ねた関係者によれば「例の京都の久保田家石材商店の社員がわんさか自宅に出入りしていた」そうである。

少なくとも2004年（平成16年）頃まで、細木と墓石業者のタイアップは続いていたが、2005年（平成17年）の夏、細木に電話を入れた都内の墓石販売関係者によれば

「細木さん久しぶり。ちょっと墓の話があるんだけど」

「いいえ、あたしはもう墓は関係ないんだ。墓の仕事はいっさいやってない」

「いや、いい墓石があってその相談をしたいんだけど。あんたなら墓関係に知

たという。

「勘弁して。墓を売るのはもうやってないの」と、冷や汗たらたらの返答だっ

り合いも多いと思って」

墓石販売で利ざやを稼ぐという〝商売〟が、テレビ出演の成功のあおりを受けてマスコミに批判される前に、墓石業者の登記から名前をちゃっかり抜いていた細木である。その前後からは携帯サイトの『細木数子 六星占術』が占い関連でヒット数1位、加入者数は70万人から100万人を突破し、月額3億円が細木の懐に転がり込むようになった。

つまり必死になってあやしげな墓石商売などやらなくとも、ほかで十分に補《おぎな》える〝商売〟が生まれていたわけである。細木自身にはテレビ局の出演料もいらないほどの所得がある。「自身の大殺界の最中、なぜテレビ出演を続けるのか」とあちこちで質問されている細木だが、「あんたたちの想像できないような金額が動いていて、責任もあるの」などと答えている。細木にとってテレビ出演は、携帯サイトや著書の儲けにつながる宣伝にほかならないのである。

そんな細木は、またもや最近のインタビューで不思議議発言をしている。

――だれしも地獄には落ちたくない

「（前略）周囲への感謝も謙虚さも、何もかも忘れてしまう。あとは色と欲に溺れるだけ。これが道理。堕ちるのはね、簡単なんだよ。（元西武グループ総帥の）堤義明さんがいい例だね」

――頂点を極めそして失敗した

「あの人は自分の父親の墓を社員に手入れさせていたっていうじゃない。しかも父親の墓を頂点にいただく霊園を販売していたんだろ？　ビジネスと先祖供養をいっ・しょ・に・し・て・ど・う・す・る。たしかにあの人は社会整備や雇用促進の社会貢献もたくさんやった。立派な部分もたくさんお持ちだ。でも発想の中心が〃銭〃じゃだめだね。その反対が小泉（純一郎）さんだね。面識はないけど（中略）

――首相の立場ってもんをわきまえている。「立場」を見失った人間が地獄に堕ちるんだよ」（『週刊ポスト』２００５年［平成17年］5月6日合併号）

最後は「結果を出したからいえるの。何万人と見てきたからこそわかる知恵なのよ」と笑い、「もっと知りたきゃわたしの勉強会にいらっしゃぃ！」としっかり宣伝を忘れずにインタビューを締めくくったそうだ。

もちろん〝もっと知りたくなって〟細木の勉強会に参加すれば、参加費用1万円、個人鑑定料10万から20万円の出費がもれなくついてくることをお忘れなく。ただし、現在はテレビ出演や携帯サイトでの儲けのおかげで、超ぼったくりの墓石業者を紹介されるおそれはないようだ。

それにしても、細木はなぜ余計なことばかりしゃべってしまうのだろうか。〝墓を販売をしていた〟〝立場をわきまえず〟〝銭中心〟の人生を歩み、地獄に堕ちたと堤義明氏を批判しているが、それはそっくりそのままだれかにあてはまるではないか。それがいったいだれを指し示しているのか、どなたでもおわかりいただけることのように思うのだが——。

「六星占術はあたらない」と自ら断言

というわけで、細木本人が「何万人とみてきたからこそわかる知恵なの」とのたまうとおり、細木数子という人物は「占い師」というより、経験にのっとった「説法師《せっぽう》」としたほうがより正確なのかもしれない。

細木の六星占術の小さな被害としては、相性を占ってもらった夫婦がその結果を信じ込んで離婚したり、殺界を信じて仕事を本当にやめてしまった人など、たくさんの例がある。しかし「身内に不幸が次々と起こる」と、殺界期間はテレビにはでないと明言していた細木数子本人（土星人で現在殺界期間）が、自分の占いを無視してばんばんテレビ番組に出演しているので、みなさんどうぞご心配なく。

細木の占いというのは、もともと例の女性占い師の資料を参考にしたもの。本来なら正しい〝殺界〟の解決方法もあるのだが、細木はそこまで勉強していないし、決裂してしまった女性占い師にいまさら教えを請うこともできない。だから〝ただ何もせずじっとしていること〟という自説が生まれたのであろう。

最近とみに増えた細木数子自身の「六星占術」に対するお言葉をいくつか並

べてみよう。

「六星はその場しのぎのお助けじゃないよ。しかも絶対じゃない」

「自分の考える道具に使うのが本来の姿だ。占いに振り回されているようじゃ、本当の自分なんていつまでたってもわかりゃしないよ」

「わたしの占いなんか信じちゃダメよ」

しかしいっぽうでは「死ぬぞ」「地獄に堕ちる」などと断言する。詐欺と投資は損する側も自己責任といわれるが、最近の細木も「自分の占いはあたる」とはいわずに、あくまで「自己責任」を主張するのである。


細木は2005年（平成17年）に行われたインタビューで、自分の過去を振り返ってこんなことを話している。

「頭の中では〝儲けたい〟〝偉くなりたい〟そればっかり。これじゃうまくいくわけないわね。アタシには知識、見識、胆識《たんしき》がなかった。胆識って知ってる？正しいと信じたことをやり遂げる力だよ。30歳そこそこの娘にはそんなもんは

なかった」（『週刊ポスト』5月6日号）

ここで本著を読んできた読者は「ピン！」ときたに違いない。知識、見識、胆識とは、故・安岡正篤氏が日常説いていた言葉そのもの。細木の言葉はそのパクリである。しかも「胆識」というのは「机上の知識や学問だけでなく、腹のなかにまで消化された学問」という意味で、細木の解釈とはちょっと異なる。

細木流厄落としはホスト遊びや貴金属？

序章で紹介した2006年（平成18年）の正月特番でも、細木数子はお金中心の非人間性を説いていた。ここで古舘伊知郎が冗談まじりに突っ込む。

「細木数子先生の収入は何に使うのですかね。国家予算に匹敵しそうだ。細木先生の収支決算だけで特集番組ができそうだけど」（古舘）

「私的なことをいわれたから、返すけど。占いは運命学で、運命学は衣・食・

住が基礎なんだ。わたしはいま、心的障害者や心の病の人間が〝食〟の部分から直せる、つまり食生活が基礎になっているところに着目している。その結果はそのうちすぐにお見せできると思う」（細木）

と、〝食〟についての追究に自分の莫大な収入を費やしていることをほのめかしていた。細木はまたこうもいう。

「食べるものにしても着るものにしてもお粗末。昔のほうが手間をかけて砂糖を使い、醤油を使い、ダシをとり。いまは味覚から神経が腐ってしまっているの。台所を捨てた女どものせいよ」（２００５年1月6日号『週刊文春』）。

確かに食生活の乱れから〝子供がキレやすくなる〟などの声は高い。ファーストフードやコンビニ弁当、スナック菓子にカップ麺……と、添加物づけなのは一目瞭然だ。たしかに、細木のいうことはもっともでもある。

しかし、1年ほど前から、彼女は別のことも声を大にして語っている。

なんでも地球の温暖化と環境問題を見すえ、オゾン破壊を防ぐために、自宅の京都御殿の裏山を買い取り、職のない若者たちを雇い入れて緑の樹木を植えていくという活動をするつもりらしい。「いまはその山の値段交渉中」と細木は広言していたが、まったく結果は出ていない。以前いったことさえやっていないのだから、今回の〝食〟に関するなんとやらも、またもや山師的な口だけのものと思われてもしかたがない。

細木の金銭の消費の方法で実際に紹介されているのは、ひと晩1000万円弱のホスト遊びや、いつも身につけているきらびやかな宝石類だけである。

くわえて細木が占いを半分以下しか理解していないところに、ひとつの逸話がある。細木がいつもの行動を見れば一目瞭然なのだ。

細木はたとえば上沼恵美子はじめ、共演者などに自分の身につけている高価な宝石をほめられると、「あげるよ」とすっと差しだす。上沼などはダイヤを散りばめた指輪をプレゼントされたりしている。実はこれ、細木の豪気でプレゼントしているのでも、友人への好意でもなんでもない。細木が自分の宿命天冲殺の大運の抜け方をまったく知らないために行っている行為なのである。

「宿命天冲殺」とは、12年周期で誰にでも平等に訪れる天冲殺とは異なり、生まれ持ったもの。生涯に一度もない命式の人間もいれば、40年間続く人間もいるという。細木は40歳でこの宿命天冲殺に突入し、大きな運をつかんだ。これを抜けたのは細木が60歳のとき。しかし運勢が急速なひずみから脱出する際、ひとつの法則が起こる。それは「大運を抜けるときは、命と引き換えとなる」ということだ。これを避けるには「財の3分の1を落とさなければならない」のだという。細木が島倉千代子と赤坂のマンションに住んでいた頃、島倉も当然女性占い師の話を聞いていた。島倉は生まれ持ったその運勢から、死ぬような思いを数度味わったのだが、彼女は立派に乗り越えた。

細木はその「島倉のときの聞きかじり」しかわからない。だからこそ60歳から「財落とし」を必死にしているというわけである。

高価な宝石をプレゼントする。ひと晩で何百万円もホスト遊びに使う。これらは細木自身の「命」と引き換えの必死の行為なのである。

しかし、本来の占いではまったく別の、大運の抜け方がある。細木数子はこの方法をまったく学んでいない。当然鑑定した相手にも、この真実の極意を伝えることはできない。

細木が出演した2006年（平成18年）正月明けの特番に、スポーツのトップクラスの選手たちを集めたものがあった。出演者は大相撲七連覇記録更新中の横綱・朝青龍《あさしょうりゅう》、格闘技の魔娑斗《まさと》、プロレスの大御所長州力、元横浜ベイスターズの佐々木主浩《かずひろ》など、豪勢で迫力のある顔ぶれである。

ちなみに朝青龍にロールスロイスや化粧回しを贈ってあげたなどと、細木数子は大タニマチ顔をしていたが、これは朝青龍の実兄、K1のブルーウルフと、アントニオ猪木とのつながりからの縁である。もちろん細木の弟・久慶がからんでいたことをお忘れなく。

また別の、成人式を迎えた若者を招いた番組で、細木は「わたしは45歳から光があたったの。あれがよかった」などと発言していたが、45歳とは細木が安岡正篤と出会った年齢。細木もそこが自分の転換期と自覚しての言葉だろうが、細木がいかにその出会いをフルに利用してのしあがったかは前述のとおり。それを20歳の若者に、いかに自分は45歳まで耐えてきたかと話をするのは本当にいかがなものかと、首を傾げたくなる。

現在「占い師」という肩書で人気を博している細木数子。しかし彼女の歩んできた人生を知ったいま、読者のみなさんは彼女の占いを信じる気になれるだろうか。細木のことを、すごい力を持つ占い師と思い込んでいる人もいるだろう。しかし本書と細木の出演するテレビ番組や著書を見比べて、みなさんの目で判断してほしい。

あとがき

「烈女」「猛女」という言葉があるが、細木数子はまさにこの言葉にピッタリの人物であろう。本書を執筆中、取材をするともなしに、常に彼女の話題が飛び込んできた。

「細木は昔、石原慎太郎も愛用していた、赤坂の〝フランクス〟という有名店で手相占いをしていた。その頃に見てもらったことがある」

「細木の関係で、指をつめさせられたヤクザ関係者もいる」

「細木が弟の久慶とふたりで、皇室関係の品物を15万で買い取ってくれといって来訪してきたことがある。詐欺まがいの品物で皇室とはまったく関係がなかった」……ｅｔｃ。

これは関係者含め、それだけ多くの日本人が彼女を認知し、彼女の言動を話題にしているというあらわれでもあろう。また本書の内容にしても、細木数子という女性のある一部分でしかない。彼女の波乱に満ちた人生の真の意味は、膨大な証言を雪かきをするかのようにかき集めても、細木自身にしかわかりえないことなのであろうと実感した。

それにしても、細木に近い人物であるほど必ず「公共の電波で、自分の稼ぐ金額と浪費ぶりを口にするのはよくない」と指摘する。細木からは「何が悪いんだい！　あんたほんとに地獄にいくよ！」という反論が聞こえてきそうだが。

夏の暑い最中から取材をはじめ、偶然飛び込んできた話もあれば、たまたま取材源につながった驚くべきケースもあった。開いた口がふさがらないような逸話もどんどんでてきた。取材が進むにつれ、テレビで見る「細木数子」像とは別の姿が見えてきて、あっけにとられるばかりであった。いまもその驚きは続いている。

取材を続けながら、ふと思った。細木数子は世が世なら、あらゆる手段を駆使して王妃位までのぼりつめるような、歴史に残る人物なのではないだろうか。謀略を重ね、自分の出自を克服して、影の「武力」をバックに国でも有名な歌姫を操《あやつ》る。宰相レベルの人間をダマして死に際に婚姻届をだす。富と名誉を手中に収め表舞台に躍《おど》り出る――。現代の細木は高額所得の有名占い師に過ぎないが、占いを武器に国を牛耳ることができるような時代だったらどうなるのか――と思うと、ちょっと背筋がヒヤリとする。

視聴率女王として人気を誇り、その占いを信じて自らの行動を決める人も多い。よきにつけ悪しきにつけ、細木数子は日本中から注目を集めている。だからこそ、彼女の人生をつまびらかにする必要性を感じ、膨大な取材をもとに、本書を執筆した。

今回、多大なご迷惑をおかけした編集各位様に重ねて御礼申しあげ、また細木数子が今後どんな方向性を打ちだしてくるのか、読者の皆さまとともに目を離さずに見守っていこうと思いつつ、筆をおかせていただく。

2006年4月1日

野崎　輝

参考文献
『あぶく銭師たちよ！―昭和虚人伝』佐野眞一 著（ちくま文庫、筑摩書房）
『安岡正篤に学ぶ人物学』新井正明ほか 著（致知出版社）
『細木数子　地獄への道』細木数子被害者の会 著（鹿砦社）
『武闘派 三代目山口組若頭』溝口 敦 著（講談社プラスアルファ文庫、講談社）
『一徹ヤクザ伝・高橋岩太郎』山平重樹 著（幻冬舎アウトロー文庫、幻冬舎）

細木数子の黒い真実

2006年5月10日　初版第一刷発行
2006年5月20日　　　第二刷発行

著　者　野崎　輝
発行人　角谷　治
発行所　株式会社ぶんか社
〒102-8405 東京都千代田区一番町29-6
電話 03-3222-6514（編集部）
03-3222-5115（出版営業部）
H P http://www.bunkasha.co.jp
印　刷　図書印刷株式会社

ISBN 4-8211-0904-2